Du même auteur

À l'ombre des érables et des palmiers, nouvelles, Éditions l'Interligne, Ottawa, 2018

Rue des rêves brisés, roman, Éditions l'Interligne, Ottawa, 2019

Guy BÉLIZAIRE

Mémoire vagabonde

MOTEMA / nouvelles

Éditions
Terre d'Accueil

Catalogage avant publication de Bibliothèque et Archives Canada

Titre: Mémoire vagabonde / Guy Bélizaire.

Noms : Bélizaire, Guy, auteur.

Description : Mention de collection: Motema | Nouvelles. | Comprend du texte en créole haïtien.

Identifiants : Canadiana (livre imprimé) 20230165184 | Canadiana (livre numérique) 20230165206 | ISBN 9782925133384 (couverture souple) | ISBN 9782925133391 (PDF) | ISBN 9782925133407 (EPUB)

Classification: LCC PS8603.E44525 M46 2023 | CDD C843/.6—dc23

—

MOTEMA / nouvelles
Collection dirigée par Aristote Kavungu
Révision linguistique : Stéphanie Tétreault
Correction d'épreuves : Suzanne Kemenang
Image de couverture : © Fred Thomas
Maquette et mise en pages : Françoise Abbate

57, rue Simcoe Sud, suite 1J
Oshawa, ON L1H 4G4
416 732-5265
edition@terre-daccueil.com | www.terre-daccueil.ca

Dépôt légal Bibliothèque et Archives Canada
2e trimestre 2023

Imprimé au Canada

Pour Maya, ma première petite princesse

Que les choses se soient déroulées ainsi ou non,
cela ne revêt pas une importance majeure
puisque, c'est établi, les images du passé ont une manière
de ressurgir inopinément et souvent de façon inopportune.
Émile Ollivier, *Regarde, regarde les lions*

1

QUAND LES DIEUX OUBLIENT

J'aimais particulièrement ce petit bistro. Il était situé en face de l'immeuble dans lequel je travaillais. J'y allais régulièrement, pour prendre une pause après une réunion éreintante, pour lire un dossier loin du tohu-bohu du bureau ou tout simplement pour casser la croûte, car on y vendait d'appétissants sandwichs.

Le décor avait un côté chic qu'accentuaient les nappes blanches qui paraient les tables. Ces nappes, bien que faites de toile cirée, conféraient au lieu une certaine classe propre aux restaurants huppés. Des tableaux de grande dimension ornaient les murs et, sans être toujours d'une qualité exceptionnelle, ils contribuaient à rehausser l'ambiance. Le propriétaire, sûrement un amoureux de l'art, profitait de son commerce pour donner de la visibilité à des peintres émergents. Ainsi, il remplaçait régulièrement ces œuvres par de nouvelles et il m'arrivait de prendre plaisir à admirer certaines d'entre elles.

Ce jour-là, assis à ma table préférée, je lisais un rapport pour lequel mes commentaires étaient requis. Au début, je réussis sans peine à me concentrer. Puis, progressivement, je sentis mon attention diminuer. Un je-ne-sais-quoi difficile à identifier altérait mon travail, diminuant ma capacité de me souvenir d'une phrase à peine lue. Les mots dansaient sous mes yeux et ma mémoire les absorbait avec difficulté. Exaspéré, je levai la tête en poussant un soupir de découragement. Ce fut à ce moment que mon regard rencontra le sien, pesant, scrutateur, enveloppant. À grand-peine, je réussis à dominer le malaise qui, instantanément, s'empara de moi, car ses yeux me fixaient sans répit et j'éprouvais la désagréable sensation d'y déceler un détail familier.

Je l'avais vaguement aperçu en entrant dans le bistro. Le dos légèrement courbé sur sa tasse de café, il détonnait par son accoutrement : un manteau d'un autre siècle à la propreté douteuse, une casquette qui avait connu des jours meilleurs et, surtout, cet air de chien battu. Je l'avais remarqué, mais sans lui accorder un intérêt particulier, car, au centre-ville de Montréal, il n'était pas rare de tomber sur ce genre de personnage. Toutefois, dès que nos regards se sont croisés, je me sentis happé par le sien. J'eus beau, pour m'en libérer, poser les yeux ailleurs, ils revenaient vers lui, inlassablement, comme s'il était un aimant et moi, un vulgaire bout de métal.

Et voilà qu'il me sourit. Un sourire timide, certes, oscillant entre la gêne et le contentement, mais sourire quand même. Quand j'essayai de le lui rendre, un rictus se dessina sur mon visage, m'obligeant à baisser momentanément la tête afin de me soustraire à son emprise. En vain. L'œil de cet homme était un harpon et j'étais le poisson. Dans une ultime tentative de fuite, je me mis à contempler la toile suspendue au-dessus de sa tête. Il s'agissait d'un pastiche de Kandinsky, somme toute assez réussi. Et quand à nouveau mon regard croisa le sien, il me fit un signe de la main accompagné de cette moue qui, tout de suite, retint mon attention. Ce geste banal provoqua chez moi une impression de déjà-vu qui me força à le dévisager, cette fois avec moins de retenue. Soudain, ma mémoire s'illumina. J'avais en face de moi Siméon, un vieux copain d'université disparu depuis des années. Cette moue était la sienne. Il la faisait souvent pour marquer sa joie.

Je ramassai mes feuilles, pris ma tasse de café et me dirigeai vers sa table.

— Siméon ?

Ma voix était hésitante, un brin interrogative, comme s'il subsistait un doute sur l'identité de la personne assise devant moi ; comme si, en un sens, j'espérais me tromper. Or, quand il parla, ce doute s'évapora.

— Salut, Christian ! C'est bien moi, ton vieux pote.

— Mon Dieu, ça fait une éternité !

— En effet, ça fait tout un bail que nos routes se sont séparées. Mais, tu vois, je t'ai tout de suite reconnu. Tu as gardé ta belle gueule.

La dernière phrase, prononcée sur un ton taquin, accompagnait un sourire du même acabit. C'était son genre : malicieux sans malice. N'empêche que cela me gêna de l'entendre parler de ma gueule alors que, visiblement, il était dans la dèche.

La lecture du rapport ne faisait plus partie de mes priorités et, content de retrouver un vieil ami, je pris place en face de lui. Malgré la surprise de le voir dans cet état, je veillai à ne rien laisser paraître et gardai un air naturel. Spontanément, je lui posai la question passe-partout servant à établir un contact :

— Comment vas-tu, cher ami ?

Aussitôt prononcée, aussitôt regrettée. Compte tenu des circonstances, c'était saugrenu et assez maladroit de ma part. Mais, à bien y penser, n'importe quelle question aurait été stupide. Parfois, seul le silence peut traduire nos sentiments, seul le silence exprime les mots appropriés.

Au lieu de me répondre, Siméon baissa la tête et garda la pose plusieurs secondes, sans doute pour puiser la force nécessaire avant de parler. Et quand il le fit, j'eus l'impression de détecter dans sa voix une pointe de défi, comme s'il voulait ainsi assumer sa situation.

— Tu vois bien, Christian : je végète. Voilà. C'est évident, mon cher. C'est loin, le temps des projets, l'époque des rêves. C'est fini, la saison des espérances. Pour moi, en tout cas.

Il fit une pause qui me sembla une éternité. Ensuite, il reprit la parole.

— Inutile de te demander comment toi tu vas. Apparemment, tu te tires bien d'affaire. Chapeau, mon ami ! Dieu sait que ce n'est pas facile. Pourtant, moi, j'ai tout essayé. Je t'assure, j'ai tout essayé. C'est comme si le sort s'acharnait sur moi. Quand j'ai vu que je n'arrivais à rien ici, je suis retourné au pays, parmi les miens, espérant que, diplôme universitaire en poche, je pourrais entreprendre une belle carrière. Eh bien, non. Ce fut pire là-bas. Même les miens n'ont pas voulu de moi ! Alors, je suis revenu. J'ai tenté ma chance dans d'autres provinces : l'Ontario, la Colombie-Britannique, l'Alberta. Sans résultat. Finalement, j'ai baissé les bras. À quoi bon persister quand même les dieux t'ont oublié ! Il ne faut pas les défier, me suis-je dit. Ne pas aller contre leur volonté. Sinon, ce sera pire. Je ne sais pas comment on peut tomber plus bas, mais le malheur peut être un trou sans fond. C'est peut-être difficile à croire, mais j'en vois qui sont plus à plaindre que moi. Donc, je me console.

Pour la première fois de ma vie, ma réussite professionnelle, pourtant modeste, me mit mal à l'aise. Face à cet ancien camarade, j'éprouvai un sentiment de culpabilité jamais ressenti auparavant, tel un enfant ayant bénéficié de toute l'attention de ses parents alors que son frère est négligé par ces derniers. Mon inconfort était sans doute visible, car, tout de suite, Siméon essaya de me rassurer. Il eut envers moi ce geste chaleureux que je lui connaissais. Il sourit et me servit une tape sur le bras en me disant d'un ton complice :

— C'est bien, Christian. Je suis fier de toi. Nous ne pouvons pas tous finir clodos, quand même. Faut bien qu'il y en ait un qui sorte du lot de temps en temps, qui passe à travers les mailles du filet. Je suis content que ce soit toi.

Son ton était sincère et, pendant un bref instant, je crus revoir mon copain de jadis, avant que le sort ne s'acharne sur lui : affable, espiègle, heureux. Tout ça fut de courte durée, car, aussitôt ces paroles prononcées, un air triste ravagea son visage avant de laisser place à une expression hilare, alors qu'il se mit à chantonner :

Même les dieux ont leurs préférences
C'est comme ça
C'est comme ça
C'est comme ça.

— Cette chanson sera un succès monstre, Christian ! Dans peu de temps, tu vas me voir à la télé en train de la chanter. Je vais l'intituler *Quand les dieux oublient.*

J'étais troublé par de tels propos et plus encore par son changement d'attitude. Je perçus une expression fugace qui, l'espace d'un moment, me laissa perplexe, avec la nette impression que Siméon évoluait dans une autre dimension, un monde auquel je n'avais pas accès. Je fis un effort pour contrôler mon inconfort et, quand je voulus parler, placer un commentaire intelligent pour l'encourager, pour l'inciter à retrouver confiance, je ne trouvai aucun mot digne de le rassurer. J'étais paralysé par cette gêne qui vous saisit à la gorge devant le malheur d'autrui.

Sur le coup, j'aurais aimé sombrer dans une situation pareille à la sienne pour déposer ma main sur son épaule et partir avec lui sur les chemins tortueux de la vie. Sauf que nos destins étaient différents : chacun sa route. Soudain, j'eus hâte de reprendre la mienne. Toutefois, je ne pouvais pas le quitter ainsi, sans lui offrir mon aide. Je lui posai donc la question en espérant une réponse qui me faciliterait la tâche.

— Mon ami, est-ce que je peux faire quelque chose pour toi ?

J'avais pris soin de bien appuyer sur les deux premiers mots. Malgré tout, sa réaction fut des plus bizarres : j'eus droit à un regard scrutateur, comme si Siméon cherchait à m'identifier. Après quelques interminables secondes, son visage s'illumina d'un sourire, pour aussitôt redevenir triste. Il hocha plusieurs fois la tête avant de me répondre :

— Je te remercie, Christian, mais je ne vois vraiment pas comment tu pourrais m'aider. J'apprécie beaucoup le fait que tu me l'aies demandé. Sauf que tu ne peux pas prendre la place des dieux, mon cher. Tu ne peux pas faire mieux qu'eux. Tu ne peux pas réparer ce qui est déjà cassé, ce que le sort a brisé.

Tout cela était dit sur un ton neutre, dénué d'amertume. Un ton résigné, comme si Siméon était conscient que, dans sa situation, il n'y avait plus rien à faire. La vie avait décidé.

Je songeai à sortir mon portefeuille pour lui donner les quelques billets qui s'y trouvaient, mais je me retins, de peur de le froisser, de blesser son amour-propre. Pourtant, rien qu'à le regarder, je voyais bien qu'il était dans le besoin. Alors, je lui fis cette proposition :

— Siméon, je peux te passer un peu d'argent, si cela peut te dépanner.

— Évidemment que cela peut me dépanner, mais ne te sens pas obligé, mon frère. Tu as sûrement tes problèmes à toi. Nous en avons tous.

Je sortis mon portefeuille et lui remis son contenu. Ce n'était pas grand-chose, mais, au moins, cela eut l'effet d'alléger un tant soit peu le poids du manteau de culpabilité qui, sans raison, recouvrait mes épaules.

Il me fallait partir. La prochaine réunion m'appelait. Il fallait retourner auprès de ceux qui, comme moi, avaient tiré le bon numéro, ceux que les dieux n'avaient pas oubliés. Je trouvai une façon élégante de le faire, même si, en un sens, c'était aussi une fuite.

— Dis-moi, Siméon, est-ce que tu viens souvent ici ? Si oui, on pourrait se revoir. Qu'en penses-tu ?

Il me regarda en hochant la tête en signe d'assentiment, quoique sans enthousiasme. D'une voix peu convaincante, il murmura :

— Bien sûr, bien sûr. On pourrait se revoir. Je vais revenir.

— À bientôt, alors !

— À bientôt, Christian. À bientôt. On fera comme au bon vieux temps. On discutera jusqu'à en perdre haleine. On changera le monde avec nos mots. Peut-être même qu'on boira quelques bières en rêvant d'un avenir lumineux.

Et il poussa un rire dément qui me glaça le sang et attira le regard des autres clients. Tout de suite après, il prit un air béat, comme si, l'espace de quelques secondes, son humeur avait voyagé aux antipodes de son cerveau. Suivirent une poignée de main, une tape sur l'épaule, puis je quittai le café en laissant mon camarade sur sa chaise.

Les jours suivants, contrairement à ce que j'avais proposé à Siméon, je ne retournai pas dans le bistro ; pire, je faisais de longs détours pour le contourner. Je pensais à mon copain, mais quelque chose d'indéfinissable m'empêchait de tenir ma promesse, comme si j'avais peur de le rencontrer de nouveau, une peur ridicule et indicible qui dura plusieurs jours.

Un beau matin, je décidai de le revoir, cette fois avec la ferme intention de faire ce qu'il faut pour l'aider. Quoi, exactement ? Je n'en avais pas la moindre idée. Mais je voulais le retrouver. Transformé en détective, j'occupai mon temps libre à arpenter les rues du centre-ville à la recherche de mon condisciple. Le bistro devint mon second bureau et, à l'occasion, après une journée de travail, j'allais m'y asseoir devant un café auquel je ne goûtais même pas.

Alors que Siméon restait introuvable, mes remords, eux, s'accentuaient. Des questions me taraudaient. *Que lui est-il arrivé ? Pourquoi ne se montre-t-il pas ? S'est-il découragé après quelques vaines visites pour me revoir ? A-t-il passé de longues heures à la même table pour guetter mon arrivée ? Je ne le saurai jamais.*

Alors que j'avais perdu tout espoir de recroiser sa route, par une froide journée de novembre, je le vis au coin des rues Peel et Sainte-Catherine. Face à moi sur le trottoir opposé, il attendait, au milieu de quelques promeneurs, que le feu passe au vert pour traverser. Même à cette distance, je pouvais remarquer un changement : son état avait empiré. Il n'avait pas bonne mine et semblait un peu excité. Tout en se dandinant, il faisait bouger sa tête à intervalles réguliers, comme s'il entendait une musique imaginaire. Était-il en train de fredonner sa chanson ? Je le sentais impatient d'avancer. De peur de le perdre encore une fois, je gardai les yeux fixés sur lui.

Le feu passa au vert. Je vis mon ami venir dans ma direction en gesticulant et en soliloquant, l'air hagard. Mes entrailles se retournèrent, tellement ce spectacle me désolait, me chagrinait. Je fis un pas de côté pour me placer dans son champ de vision, pour lui barrer la route et le forcer à me voir. Il m'évita d'un mouvement machinal alors que, brièvement, ses yeux se glissèrent sur moi, sans me reconnaître. Déconcerté, j'arrivai quand même à articuler son nom :

— Siméon.

Sourd à mon appel, il continua son chemin. Dans un ultime effort, décidé d'aller au bout de ma démarche, je me mis à le suivre. Très vite, je me retrouvai à sa hauteur et nous voici en train d'avancer, côte à côte, comme avant. Pourtant, Siméon ne se rendait même pas compte de ma présence. Je le regardai et l'interpellai à nouveau, cette fois presque en criant. Malgré notre proximité, ma voix ne l'atteignit pas.

Tout en marchant, je me risquai à déposer une main sur son épaule. Il m'offrit un regard fugace dans lequel je perçus des yeux sans vie et une bouche qui s'ouvrait et se fermait sur des sons inaudibles. Le cœur brisé, je murmurai son prénom une dernière fois, avant de le laisser continuer son chemin, en solitaire. Jusqu'à ce qu'il disparaisse, je le regardai s'éloigner pour suivre la route que les dieux lui avaient tracée.

2

MASSILLON

Ce matin-là, comme tous les autres, Massillon ouvrit les yeux alors que Palmira, sa femme, avait déjà quitté le lit. Il se l'imagina dehors en train de préparer la marchandise qu'il attellerait plus tard à sa vieille moto pour se rendre au Carrefour Mapou. Il y passerait la journée à faire des pieds et des mains pour vendre le plus d'articles possible.

La veille, les affaires avaient été bonnes et il était revenu satisfait. Fièrement, il avait remis ses billets à Palmira, qui s'était empressée de glisser l'argent dans son soutien-gorge, pour tout de suite après se signer. Les saints et les loas[1] méritaient remerciements, car, même s'ils devenaient de plus en plus avares, il ne fallait pas les ignorer. D'ailleurs, n'était-ce pas un miracle si, après tant de calamités, le pays et ses habitants existaient encore ? N'était-ce pas un signe que, malgré tout, ils daignaient leur concéder un peu de protection ?

Massillon s'étira longuement, tout en regardant dormir ses trois enfants. Son fils aîné sur le lit de camp, qui bientôt serait trop petit pour son gabarit, et ses deux filles sur un matelas posé à même le plancher. La maison,

1 - Esprits dans le culte vaudou.

une construction bancale faite de matériaux hétéroclites, se composait de cette seule pièce : treize mètres carrés à peine, avec une porte et une fenêtre. Elle se tenait debout grâce à un arrimage de tôle, de carton et de bois savamment dosé, mais sensible à la pluie et susceptible d'être démantelé au moindre coup de vent. Pourtant, Massillon avait dû trimer fort pour dénicher cette maison et pour trouver l'argent nécessaire afin de payer les trois premiers mois du loyer, comme l'exigeait le propriétaire. Enfin, il avait réussi à trouver un toit pour les siens, grâce à Dieu et aux loas, les mêmes qui, le jour du *Goudougoudou*[2], les avaient protégés alors que des milliers d'autres périssaient sous les décombres. Parfois, Massillon se demandait à qui au juste lui et sa famille devaient ce miracle. Au Dieu des chrétiens ou aux esprits qui avaient accompagné leurs ancêtres dans les cales des bateaux pour les jeter sur cette île où, depuis, hommes et femmes luttaient sans cesse pour une vie meilleure qui ne venait pas ?

Le *Goudougoudou* avait empiré les choses. Massillon chassa les images qui lui revinrent en mémoire, les images de fin du monde qui hantaient encore ses nuits. Puis, il quitta le lit en répétant les premiers mots de sa journée, toujours les mêmes : *Léternel banm fòs poum lite jodia*[3]. Dehors, il salua sa femme.

— Bonjour, Pal. Tu as bien dormi ?

— Oui, mon cher. Et toi ?

— Oui, grâce à Dieu.

Il laissa à Palmira le soin de placer la marchandise dans ce que tout le monde appelait la boutique, soit une

2 - Nom donné au tremblement de terre du 12 janvier 2010.

3 - Éternel, donne-moi la force de lutter aujourd'hui.

grosse boîte sur roues, faite de planches mal équarries et attelée à la vieille moto. Un bol rempli d'eau dans une main et dans l'autre sa brosse à dents, Massillon s'éloigna de la maison pour aller faire ses ablutions.

Quand il revint, assis sur une chaise paillée placée près de la porte, il but son café et mangea un morceau de pain, tout en examinant d'un œil satisfait le travail de sa femme. Connaissant les exigences de son mari, celle-ci avait bien fait les choses. La boutique était impeccable. Après avoir embrassé Palmira, Massillon enfourcha sa moto et s'en alla.

Une demi-heure plus tard, un à un, les enfants firent leur apparition et, sous le regard attentionné de leur mère, ils disparurent à leur tour derrière la maison. Ensuite, leur toilette faite, ils s'habillèrent, puis prirent leur repas du matin : un gobelet d'akassan[4] accompagné d'un morceau de pain. Quelques minutes plus tard, ils déposèrent un baiser sur la joue de leur mère et partirent pour l'école. Une fois seule, Palmira put alors entamer son travail, qui consistait à laver et à repasser les vêtements qu'on lui confiait.

Il faisait chaud, d'une chaleur qui pourchassait sans pitié les habitants de l'île jusque dans les moindres recoins, forçant les plus fortunés à rester dans les hauteurs, au frais, à l'abri du tracas et des dangers. Les autres, la majorité, à la recherche de la vie qui s'éloignait sans cesse d'eux, n'avaient d'autre choix que d'offrir leur peau à un soleil vorace qui s'en nourrissait goulûment. On ne se protégeait plus de la poussière : on faisait avec. Après tout, ce

4 - Boisson sucrée et crémeuse à base de farine de maïs, de lait et d'épices douces.

n'était pas le pire des fléaux qui frappaient la ville. Alors, les gens déambulaient comme s'ils se foutaient de tout : chaleur, poussière, bruit des klaxons, ordures et débris. Il fallait bien les observer pour remarquer leur frayeur. Elle se lisait dans leurs yeux, dans ce regard méfiant, fuyant, craintif, car tous ceux qu'ils croisaient pouvaient incarner le danger. C'était leur lot quotidien et ils avaient appris à s'y adapter. Que faire d'autre, sinon apprivoiser le mal ? Dompter la peur qui répandait son odeur sur toute la ville, même dans les hauteurs ?

Ça bougeait dans toutes les directions, chacun en quête d'améliorer ses conditions, d'assurer sa survie. Massillon installa sa boutique ambulante au Carrefour Mapou, appelé ainsi à cause du gros mapou jetant un peu d'ombre sur la ruelle. On y trouvait de tout. Les clients venaient boire, manger et se procurer toutes sortes d'articles dans ce marché à ciel ouvert. La nourriture y côtoyait les vêtements neufs et usagés, les chaussures, les meubles, les médicaments et les babioles en tous genres. Par une entente tacite, au fil du temps, vendeurs et vendeuses avaient fini par s'approprier le même espace, quotidiennement, certains à l'entrée de ce souk improvisé, d'autres tout au fond.

Chacune des positions offrait ses avantages. Par exemple, les acheteurs hésitants, voulant se donner plus de temps avant de se décider, ne s'arrêtaient jamais devant les premiers étals, mais faisaient leur choix après avoir analysé le contenu de plusieurs boutiques. D'autres, pressés ou impatients, se procuraient ce qu'ils étaient venus chercher dès les premiers pas franchis.

Massillon, lui, avait opté pour le milieu de la ruelle et, jusque-là, cet emplacement lui avait porté chance. En plus des gains de sa femme lavandière et repasseuse, il assurait la survie de sa famille grâce à ce commerce. Il faut dire que sa clientèle lui était fidèle. On appréciait sa courtoisie, sa bonne humeur, la propreté de sa boutique et, surtout, le fait qu'il acceptait quelquefois de vendre à crédit à ceux qui n'avaient pas les moyens de payer sur-le-champ.

Massillon savait déceler les affres de la faim sur les visages et dans les regards avides, dans ce mouvement des lèvres à peine perceptible à la vue de la nourriture. Dans ces moments-là, il laissait parler son cœur et concédait à la demande de crédit en prononçant cette phrase qui avait pour but de sceller un contrat avec la personne en face de lui : « Je te fais confiance au risque de ne pas pouvoir nourrir ma femme et mes enfants. Alors, ne me déçois pas. » Ainsi, tout le monde dans la ruelle connaissait Massillon et vantait sa bonté.

Le jour de l'incident, on vit pleurer plusieurs de ses collègues, mais beaucoup plus d'acheteurs, qui se souvenaient de la générosité de cet homme, grâce à qui ils réussissaient parfois à assouvir leur faim.

Ce jour-là, une chaleur impitoyable enveloppait Port-au-Prince, l'emprisonnant dans ses serres, comme si elle voulait punir ses habitants pour toutes leurs fautes passées et à venir. Une vapeur sournoise montait de la chaussée pour se mélanger à la poussière dont chaque grain était du charbon ardent. La ville était un four à ciel ouvert. Pourtant, la ruelle débordait de vitalité, avec ses tentes et ses abris de fortune, parfois concoctés avec une ingéniosité déconcertante.

La veille, on avait débarrassé l'endroit de la montagne de déchets qui l'ornait depuis des jours et qui attirait en abondance des mouches dans les bacs des vendeurs. Comme à l'accoutumée, Massillon se tenait derrière sa boutique, sous un parasol déglingué qui ne s'ouvrait qu'aux trois quarts. De temps en temps, il poussait un cri d'encouragement à l'adresse des passants indécis pour les inciter à reluquer sa marchandise. Tout souriant, il défiait la chaleur. Sur son épaule, une serviette avec laquelle il s'épongeait quand la sueur prenait possession de son front, c'est-à-dire souvent.

Massillon se sentait particulièrement de bonne humeur. L'absence des déchets avait fait augmenter la circulation et, plus que de coutume, des autos s'approchaient des étals, côtoyant dangereusement détaillants et acheteurs au mépris des règles de précaution les plus élémentaires. Ainsi, au moment où surgit cette voiture dont le conducteur, de toute évidence, avait perdu le contrôle, Massillon mit du temps à réagir. Lorsqu'il voulut éviter l'engin qui fonçait droit sur lui, ce fut en vain. Un grand BOUM résonna des lieues à la ronde, suivi d'un bruit de moteur qui calait. Puis, des cris, des pleurs; une pagaille indescriptible.

Massillon se réveilla quelques heures plus tard à l'hôpital. Il souffrait atrocement, mais n'était pas tout à fait conscient de ce qui lui était arrivé. La douleur s'était réfugiée en un point précis de son corps : sa jambe gauche, la plus faible, la maladroite, l'infortunée. Alors qu'il était enfant, c'était toujours les orteils de cette jambe qui butaient sur les cailloux quand il marchait pieds nus. Souvent, il rentrait chez lui le pied en sang pour se faire soigner par sa mère. Plus tard, lorsqu'il jouait au foot, cette foutue jambe ne fut jamais capable de faire une passe digne de ce nom. À peine pouvait-elle arrêter le ballon. Quand, adulte, il abandonna le sport, cette jambe, si elle n'attirait plus la guigne, continua néanmoins d'être la plus faible. Pas étonnant que cette douleur l'ait choisie pour s'y réfugier.

Massillon ouvrit lentement les yeux et chercha à déterminer l'endroit où il se trouvait. De toute évidence, il n'était pas dans son lit. Ce va-et-vient incessant qu'il percevait, ces voix tout autour, cette odeur d'alcool qui lui montait au nez et, surtout, ces plaintes entrecoupées de cris ; décidément, ce n'était pas son environnement habituel.

Dans sa tête, tout était embrouillé. Il referma les yeux et s'efforça de mettre de l'ordre dans ses pensées. Au bout de quelque temps, le brouillard commença à se dissiper. Ses idées refirent surface, la mémoire lui revint : boutique, voiture, accident, douleur…

Les yeux maintenant grands ouverts, il porta son regard vers sa droite, puis vers sa gauche. Il comprit alors qu'il était à l'hôpital, entouré de malades et de blessés qui, comme lui, étaient couchés dans des lits étroits et durs.

La voiture. Le BOUM. Et cette douleur à la jambe, comme si on la lui arrachait. Instinctivement, il allongea le bras pour la toucher, cette maudite jambe. Et le cri jaillit de sa gorge. Un cri de cochon qu'on égorge. Un hurlement qui glaça le sang et qui fit tourner toutes les têtes dans sa direction.

Rapidement, l'infirmière de service lui administra un calmant avec une précision d'horloger. C'est qu'elle en avait vu, des cas semblables, même par milliers, après le *Goudougoudou*, lorsqu'on amputait quotidiennement des membres afin de sauver une vie, parce qu'on n'avait ni le temps ni les moyens de faire mieux ou pour éviter la gangrène. Le cri de Massillon correspondait à tout point de vue à celui que poussaient ces amputés – car il en était un, à présent.

Les jours qui suivirent, sa femme, ses amis, ses enfants et les infirmières essayèrent de le consoler, de lui remonter le moral, chacun y allant d'une phrase toute faite, mais appropriée à sa situation. « C'est la volonté de Dieu ! » « Au moins, tu n'es pas mort ! » « Tout arrive pour une raison ! » « La vie continue quand même ! » « Il faut faire preuve de courage ! »

À la fin, Massillon se mettait carrément en colère quand on lui sortait ce genre de formule. Le regard dur, la voix grave et bourrue, il rétorquait : « Veux-tu être à ma place ? » En guise de réponse, on baissait automatiquement la tête pour cacher sa gêne, car, évidemment, personne ne désirait être un estropié.

Massillon passa les prochains jours avec dans le cœur une révolte tenace. Il déversait sa hargne sur tous ceux qui l'approchaient et personne n'y échappa. Quand il dépassait les bornes, le personnel de l'hôpital, habitué à ce genre de situation, le rabrouait fermement. Des cas plus graves occupaient leurs journées et il n'avait pas le luxe de s'émouvoir sur un patient récalcitrant qui, somme toute, ne se portait pas si mal et était sûr de rester en vie.

Massillon n'eut donc droit à aucun privilège et sa mauvaise humeur n'y changea rien. Pire, il était le seul que la jeune docteure prenait en grippe, le seul devant qui elle perdait son sourire. Massillon exécrait cette femme, mais s'efforçait de ne rien laisser paraître. Elle arrivait, posait les questions d'usage, le touchait çà et là, puis repartait, parfois sans accorder d'importance à ce qu'il disait. Il la trouvait rude, sans cœur, sarcastique. Son entrée en matière était toujours la même, soit une flèche qu'elle lui lançait, comme pour le railler : « De quoi se plaint-on aujourd'hui ? » Massillon redoutait la visite de cette docteure, pourtant belle mais si sévère. À la fin, dès qu'elle s'approchait de son lit, ses muscles se crispaient et son visage se fermait à toute communication.

Un matin, Massillon se réveilla avec une humeur particulièrement exécrable. Il cracha son venin sur tous ceux qui s'offraient à sa vue. La veille, son membre fantôme n'avait pas arrêté de le démanger. Plusieurs fois, il avait allongé le bras pour se gratter et, toujours, sa main balayait le vide. Un vide atroce qui lui broyait les entrailles. Quand, la nuit venue, il finit par s'endormir au milieu du charivari de la salle, il fit ce rêve qui enchanta son sommeil, mais qui, du coup, rendit son réveil infernal.

Dans ce rêve, il disputait une partie de foot et son pied gauche, avec un tir d'une puissance inouïe, marqua l'unique but de son existence. Massillon jubilait ! Cependant, quand il ouvrit les yeux pour faire face à la réalité, sa colère fut telle qu'aucune des infirmières n'osa l'approcher.

Lorsque la jeune docteure se pointa au pied de son lit, pour une fois, Massillon fut incapable de se contrôler. Pendant plusieurs secondes, les yeux de la praticienne le fixèrent durement, jusqu'à ce que, ne pouvant plus supporter ce muet reproche, il tourna la tête pour porter son regard vers le plafond. Ce fut dans cette position qu'il reçut la phrase lancée d'un ton acerbe :

— Dites donc, quand allez-vous cesser de vous morfondre ? Quand allez-vous comprendre que, même avec une jambe en moins, vous êtes un homme chanceux parce que vous êtes en vie ?

Massillon ne réagit pas à ce reproche. À grand-peine, il réussit à maîtriser son envie d'envoyer paître la femme. Quand il ouvrit la bouche, ce fut sur un ton plutôt docile :

— Vous pouvez bien parler, c'est pas vous qui êtes à ma place.

Contre toute attente, la docteure le gratifia d'un sourire, le premier depuis qu'ils se connaissaient. Puis, elle sortit son stéthoscope pour l'examiner avant de jeter un coup d'œil sur la blessure. Ensuite, elle gribouilla sur le dossier qu'elle avait en main et, d'un air satisfait, quitta son patient pour s'occuper d'un autre.

Quelques heures plus tard, alors perdu dans ses pensées, préoccupé par sa situation et par les besoins de sa famille auxquels il lui serait désormais plus difficile de subvenir, Massillon sentit quelqu'un lui toucher l'avant-bras. Il tourna la tête et vit les yeux espiègles de la docteure.

— Dites-moi, Massillon, comment vous me trouvez ?

Il ne s'attendait pas à une telle question. « Qu'est-ce qu'elle me veut encore, celle-là ? » se dit-il. Au lieu de répondre, il fit la moue et renvoya son regard au plafond. De nouveau, la docteure lui toucha l'avant-bras, cette fois de façon plus ferme, ce qui força Massillon à la fixer. Elle n'avait pas perdu son sourire, même qu'elle insistait pour obtenir une réponse.

— Alors, dites-moi, comment vous me trouvez ?

En parlant, elle fit un tour complet sur elle-même, comme pour se montrer sous toutes ses coutures.

— Je vous trouve très bien, dit Massillon d'un ton timide.

Il n'osait pas dire belle, même si c'était le mot auquel il pensait.

— Merci, répondit la docteure. Maintenant, regardez-moi.

Massillon obéit. Doucement, sans quitter son malade des yeux, la docteure se baissa pour attraper l'ourlet de sa jupe, qu'elle se mit à soulever avec une lenteur infinie, comme si elle s'apprêtait à offrir un striptease. Ce comportement étonna le patient, qui se demandait à quoi jouait cette femme. Or, quand la jupe retroussée révéla une prothèse à la place de la jambe droite, les yeux et la bouche de Massillon s'ouvrirent démesurément. Alors, la docteure s'approcha du lit, prit la main du patient dans la sienne et parla :

— Voyez-vous, Massillon, des gens comme vous et moi, il y en a plein, dans cette ville. Le *Goudougoudou* nous a tous volé quelqu'un ou quelque chose. Même ceux qui ont gardé tous leurs membres sont maintenant amputés. Il faut apprendre à vivre ainsi et remercier quand même le ciel de pouvoir encore respirer et de voir chaque jour le soleil se lever. Il faut aussi lui demander le courage de continuer, car il faut continuer. Il faut rêver, sans quoi nous aurons été épargnés pour rien. Et cela, ceux qui sont partis ne nous le pardonneront pas.

Massillon serra très fort la main de la docteure pendant que ses yeux jetaient sur cette dernière un regard chargé de déférence. Il aurait aimé parler, mais ne réussit pas à articuler ses pensées. Alors, il se battit avec les larmes qu'il sentait naître.

3

LE BOUTON

Elle l'observait en silence, osant à peine ouvrir la bouche de peur de le froisser, d'augmenter sa nervosité déjà au maximum. Après sept années de vie commune, elle avait appris à anticiper les réactions de son homme et savait qu'en pareille circonstance, la moindre remarque pouvait envenimer les choses. Et puis, ces derniers temps, il était si grincheux! Cette présentation devant le comité de gestion le mettait dans tous ses états. Pourtant, il en avait l'habitude. Mais pourquoi diantre celle-là lui causait-elle tant de soucis? Depuis quelques jours, elle le trouvait tour à tour anxieux, irritable et distrait. En plus, il s'éternisait au bureau. Décidément, son homme avait changé et elle voudrait bien en connaître la raison.

Pour lui faciliter les choses, elle s'était réveillée la première afin de préparer un déjeuner qu'il s'empressa de manger avant de saisir son porte-document et quitter la maison. Au moins, il n'avait pas oublié de déposer un baiser sur la joue de sa femme. Elle aurait aimé le prendre dans ses bras, lui dire de ne pas s'en faire, que tout se passerait bien vu qu'il était l'expert, mais s'en abstint. Il paraissait trop pressé de partir. Néanmoins, elle se promit de tout tenter pour qu'à son retour, leur soirée soit agréable et ainsi lui enlever ce stress ou, à tout le moins, le réduire.

Ce n'est qu'au moment où il ouvrit la portière de la voiture qu'elle vit un bouton manquant à sa chemise. Elle n'eut pas le temps de le lui mentionner puisqu'il mit rapidement le contact et quitta le stationnement. Elle pensa quelques minutes à ce bouton, puis se dit que, de toute façon, son intervention n'aurait eu aucun effet, car, dans sa hâte de partir, il n'aurait sans doute pas retardé son départ pour changer de vêtement. Elle ne s'en fit pas trop, car la cravate pouvait aisément camoufler cette absence. Malgré tout, elle se promit de remplacer la pièce manquante une fois qu'il serait rentré.

Elle fit un signe de la main à son mari et referma la porte derrière elle. Cependant, au cours de la journée, elle se remémora plusieurs fois cette ouverture dans la chemise et alla même jusqu'à sortir son petit attirail de couture qui servirait à remplacer le bouton disparu.

De son côté, plus il s'éloignait de la maison, plus il sentait monter son excitation. Dans quelques heures, il allait pouvoir la serrer dans ses bras. Cela faisait des jours qu'il pensait à ce moment. Le tout avait été soigneusement planifié. Se rendre au bureau pour la matinée, puis passer le reste du temps chez elle, à faire tout ce qu'il rêvait de faire depuis qu'il avait fait sa connaissance un mois plus tôt.

Dès les premières minutes, il s'était créé entre eux quelque chose de particulier, une attirance réciproque à laquelle il devenait de plus en plus difficile de résister. Au début, il s'était dit que jamais il n'irait jusqu'au bout, qu'il n'enfreindrait pas son serment de fidélité. Mais, au fil de leurs rencontres, sa décision avait basculé pour finalement devenir une idée fixe, une obsession qui l'habitait nuit et jour. Pas une heure ne s'écoulait sans que ses pensées soient dirigées vers cette femme et, dans ces instants, son imagination l'emmenait dans des contrées envoûtantes d'où il revenait le corps en feu et prêt à tout faire pour éteindre cet incendie.

Sans cesse, son épouse s'inquiétait de son manque d'attention, de sa distraction. En guise de défense, il évoquait ses préoccupations professionnelles : surcharge de travail, patron exigeant, dossiers difficiles. Bien sûr, rien de tout cela n'était vrai, et il s'en voulait de jouer à ce jeu, de trahir celle qui partageait sa vie et qu'il aimait par-dessus tout. De cela, il était sûr, car pas une fois il ne pensa à la laisser pour cette femme. Non. Quitter sa compagne et son fils, cela ne lui avait jamais effleuré l'esprit. Bien sûr, il lui arrivait de ne plus contrôler ses idées et les valeurs qui jusque-là avaient guidé sa conduite s'émiettaient. Néanmoins, son amour pour son épouse restait intact. Jamais les mots de Gabriel García Márquez n'avaient autant résonné dans ses oreilles : « Le cœur possède plus de chambres qu'un hôtel de putes. »

La condition de célibataire de l'autre arrangeait bien les choses, les facilitait même. Au début, elle aussi avait montré quelques réticences, mais, très vite, le corps et les sens avaient eu raison des scrupules. Et voilà que le jour était venu. Ils allaient faire ce qu'il était convenu de faire entre un homme et une femme. Ce fut pour arriver à ses fins et pour bien préparer le terrain qu'il avait joué la comédie : inventer cette histoire de présentation et les problèmes au travail. Entreprise éreintante, certes, mais enfin il atteignait son but. Loin de se douter de ce stratagème, son épouse s'était montrée très compatissante, au point de le mettre mal à l'aise, d'augmenter son sentiment de culpabilité. Malgré tout, ce fut insuffisant pour le faire renoncer à ce projet. Cela, il ne pouvait pas. C'était au-dessus de ses forces de vaincre cette tentation, de maîtriser ce volcan placé entre ses jambes qui était devenu un prolongement de son cerveau.

L'appartement était meublé avec goût. Dès sa première visite, le décor lui avait plu. Il éprouvait une sensation de bien-être à se retrouver dans ce lieu, comme si, délesté de toute obligation, il était plus léger. Ainsi, il y retournait avec plaisir, pour revoir cette amie particulière, causer avec elle autour d'un café ou d'un verre de vin, dans une atmosphère imprégnée de désir contenu.

Or, ce jour-là, les choses seraient différentes. C'était convenu qu'ils passeraient à l'acte. Durant la matinée, il eut toutes les peines du monde à se concentrer sur son travail. Après une réunion d'une heure à laquelle il participa, il fut incapable de se rappeler le sujet de la discussion. Impatient, il consultait sa montre à tout bout de champ et s'étonnait de la marche lente du temps. Cette attente le rendait fou et, pour essayer de se calmer, il quitta le bureau une heure plus tôt pour aller se balader dans les environs du lieu de la rencontre.

Devant la porte, il respira un grand coup avant de frapper. Il se sentait comme un adolescent à son premier rendez-vous galant : le souffle court, les mains moites et le cœur trépidant. Quand elle apparut, vêtue d'une robe bleue fleurie à bretelles et dont le décolleté laissait voir la naissance de ses seins, il se retint afin de ne pas se jeter sur elle pour l'embrasser goulûment.

Un verre de vin à la main, ils passèrent les premières minutes à échanger des banalités, chacun attendant que l'autre commette le premier geste. Il le fit. Et ce fut mieux que son imagination, mieux que ses rêves les plus osés ne l'avaient anticipé. Une explosion de sensations. Des heures d'allégresse, de plaisirs et de jouissance. Un instant magique, de ceux qu'on a envie d'apporter dans sa tombe, de ceux qui marquent au fer rouge, restent indélébiles dans la mémoire. Les membres qui s'entremêlent, se fondent, des baisers sans fin, des caresses qui s'étirent au milieu de râles et de soupirs, jusqu'à ce que doucement l'extase se retire, désertant les deux corps pour les laisser pantelants, repus, heureux.

Elle quitta le lit la première. Non parce qu'elle le désirait, mais pour obéir à un appel, poser un acte qui, chez elle, était une seconde nature. Couturière exceptionnelle bien qu'à temps perdu, elle avait remarqué l'absence du bouton et avait décidé de le remplacer. Couché sur le côté, la tête appuyée sur son avant-bras replié, il la regardait faire, touché par cette marque d'attention et charmé par les mouvements de sa main, si simples mais si beaux. Il avait envie de la ravoir auprès de lui. Pourtant, il se plaisait à la contempler dans cette position. Jamais il n'avait eu l'opportunité d'admirer un tel tableau et jamais il n'aurait imaginé possible autant de charme émanant d'une femme nue cousant un bouton de chemise. La scène lui fit évoquer une toile de Gauguin vaguement aperçue quelque part, dans laquelle cet artiste pourtant doué n'avait pas réussi à mettre toute la sensualité et toute la grâce qui se déployaient devant lui.

Son travail accompli, la couturière déposa soigneusement le vêtement sur le dossier de la chaise, rangea l'aiguille et le fil dans le tiroir d'où elle les avait sortis et rejoignit son amant dans le lit. Ils s'étreignirent passionnément comme deux amoureux après une longue séparation et, doucement, ils sentirent renaître ce désir qui ne demandait qu'à être assouvi.

Au retour, il conduisit lentement. Un sourire satisfait colorait son visage : le sourire du conquérant. Néanmoins, il devait retrouver son épouse et jouer auprès d'elle son rôle de mari, avec toute l'attention du monde, pour se faire pardonner cette faute connue de lui seul, mais qui, tout de même, lui pesait un peu. Pourtant, il voulait retarder ce moment pour prolonger dans ses pensées celui qu'il venait de vivre. C'était un sentiment étrange et indéfinissable, qui lui donnait envie de se couper en deux et d'être aux deux endroits simultanément, de posséder le don d'ubiquité. Durant un bref instant, il songea à s'arrêter chez le fleuriste, mais se rendit compte que le magasin était fermé à cette heure. Alors, il le ferait le lendemain, histoire de se donner bonne conscience, d'amoindrir la culpabilité qui l'imprégnait.

Le voici maintenant devant son domicile. Il stationna l'auto, coupa le moteur, eut une dernière pensée pour celle qu'il venait de quitter et, après un soupir mêlant satisfaction, contentement et regret, il descendit de voiture pour entrer dans sa maison, dans son autre vie.

Il avait à peine ouvert la porte qu'elle remarqua le changement d'humeur. Elle en fut tout heureuse.

— Tout s'est bien déroulé ? demanda-t-elle en s'avançant vers son mari.

Quand celui-ci la serra très fort dans ses bras, elle fut alors convaincue que son homme avait retrouvé son tempérament habituel, qu'une fois de plus il avait bien fait son travail et que ses soucis étaient désormais chose du passé. Bras dessus, bras dessous, ils se dirigèrent vers le salon pour un prélude anticipé à une soirée intime.

Avant de prendre place sur le sofa où généralement ils avaient l'habitude de passer les dernières heures de la journée, l'homme enleva son veston pour être plus à son aise. Ce fut à ce moment que l'épouse remarqua le bouton qui l'avait tant préoccupée : celui-ci était de nouveau à sa place.

D'abord, elle crut à une hallucination, puis ses paupières cillèrent comme les ailes d'un oiseau, comme si ses yeux, à la manière d'un appareil optique, procédaient à une mise au point sur un objectif afin de le rendre plus net. Quand, finalement, elle fut certaine de ne pas avoir la berlue, car l'objet avait bel et bien été remplacé, elle fut incapable d'en détacher son regard, qui se figea durant de longues secondes. Son visage si joyeux la minute d'avant perdit son éclat. Au lieu de s'installer à côté de son mari, elle s'en éloigna et choisit plutôt le fauteuil qui faisait face au sofa.

Elle s'y jeta, l'air hagard, comme un boxeur après un round particulièrement difficile. Ce bouton avait-il été remplacé par une collègue possédant une trousse d'urgence ? Dans un atelier de couture ? Ou... ? Elle n'osait l'imaginer. Pourtant, sans qu'elle puisse se l'expliquer, c'était cette dernière pensée qui prédominait. Une désagréable intuition. Alors qu'elle cherchait les mots pour formuler sa question afin d'élucider le mystère, son mari, ayant remarqué son changement d'attitude, lui demanda :

— Qu'est-ce qu'il y a, ma chérie ? Tu ne te sens pas bien ?

Aucune réponse. Comme hypnotisée, elle continuait de fixer le bouton qu'elle savait son homme incapable de recoudre. « Et s'il m'avait mené en bateau ? Et si les soucis professionnels évoqués n'étaient que du bluff pour masquer son infidélité ? » En vain, elle lutta pour chasser le doute de ses pensées, tandis que ses yeux restaient rivés sur le bouton qui avait retrouvé sa place, cousu par des doigts qui n'étaient pas les siens.

Le regard de l'épouse guida celui du mari qui, lentement, se porta sur sa poitrine. Il comprit alors qu'il n'aurait pas dû accepter que l'autre remplace le bouton. Il revit le tableau qui l'avait tellement charmé : cette femme nue maniant le fil et l'aiguille. Un tableau qui à présent allait le hanter toute sa vie. Il se prit la tête entre les mains et se dit : « Merde ! Je suis foutu. »

4

LE CAMBRIOLEUR

Il gara la camionnette devant la résidence, qu'il contempla longuement. Deux étages et un sous-sol, la pelouse d'un vert impeccable, des fleurs de toutes les couleurs plantées avec art. Le tout réjouissait l'œil. Dans l'entrée trônait une BMW, le genre qui coûte la peau des fesses. Loin de ses moyens, mais près de ses envies. « Des maudits riches ! Je me demande d'où leur vient tout cet argent. »

L'idée effleura son esprit. « Pourquoi ne pas leur faire payer plus que le coût requis ? » Il n'était pas un adepte de cette pratique, même si, quelquefois, il y recourait, lorsque les besoins financiers étaient pressants et que le client se présentait sous la forme d'un pigeon facile à plumer. En attendant de les voir, il supposa que ceux-là entraient dans cette catégorie.

Depuis quelque temps, les choses se corsaient. La chance s'échappait littéralement de ses doigts, le boudait sans raison. Et les dettes s'accumulaient. Quotidiennement, il luttait contre l'envie de reprendre du service pour se renflouer. Et toujours il rejetait cette idée, fidèle à sa promesse de ne plus jamais recommencer, de ne plus retourner *en dedans,* de garder sa liberté. Alors, user de ce procédé, c'était un moindre mal. « On ne peut pas appeler ça voler. De toute façon, ces gens en ont les moyens : ils roulent sur l'or. »

Il quitta la camionnette, saisit son coffre à outils et se dirigea vers la porte d'entrée. Lorsqu'il passa devant la BMW, celle-ci lui renvoya l'image de sa silhouette déformée. Les rayons du soleil qui se répercutaient sur la carrosserie luisante lui donnèrent l'impression que le véhicule lui faisait un clin d'œil moqueur, comme pour le narguer. Il en fut offensé. Ce fut à ce moment qu'il prit sa décision.

Intérieurement, il prononça la sentence de culpabilité et, du coup, il condamna les occupants de la maison. Ils étaient coupables de posséder, à ses yeux, une trop grande richesse. « Mon prix sera élevé ! »

Quelques secondes après qu'il eut pressé du doigt le bouton de la sonnette, la porte s'ouvrit. Il ne put dissimuler l'étonnement qui, malgré lui, orna son visage quand apparut la maîtresse des lieux : une femme d'un certain âge, habillée avec élégance et qui l'accueillit avec un sourire. Elle était Noire, et ça, il ne s'y attendait pas. Il trouva que le sourire de la femme s'éternisait et se dit qu'elle était sans doute contente de savoir que son problème serait sous peu résolu.

En vérité, la femme s'amusait à ses dépens, comme chaque fois qu'elle lisait cet étonnement chez quiconque se présentait à son domicile. Une fois, le visiteur avait poussé l'affront jusqu'à lui demander de voir le propriétaire. Elle en avait été tellement offusquée qu'elle l'avait renvoyé sur-le-champ. Depuis, la stupéfaction des autres ne l'affectait plus, même qu'elle la trouvait cocasse à l'occasion, comme ce jour-là. Sans perdre son sourire, elle appela son mari, qui apparut aussitôt pour prendre la relève.

Tenant son coffre à outils d'une main, l'ouvrier écouta les explications du mari avec une attention feinte, l'esprit ailleurs. Lors de la conversation téléphonique qui avait précédé son arrivée, il avait déjà identifié la cause du problème qui, selon son expérience, était mineur. Une vingtaine de minutes et le tout serait réglé. Toutefois, il décida qu'il mettrait plus d'une heure à effectuer le travail. Sa résolution d'augmenter son tarif s'était renforcée à la vue des propriétaires et son idée de reprendre du service devint plus persistante. À cette seule pensée monta en lui une sensation identique à celle qu'il éprouvait autrefois avant un coup, comme le sportif à la veille d'une compétition. De toute évidence, la vue de ces Noirs riches avait fait céder ses dernières résistances, déjà fragilisées par sa situation financière précaire. À cause de sa dépendance à l'alcool et au jeu, ses dettes avaient atteint un montant faramineux par rapport à ses pauvres moyens. Ainsi, à tout moment, il risquait de se retrouver à l'hôpital, car certains de ses créanciers pouvaient devenir particulièrement méchants. « Qu'est-ce qu'ils ont fait pour avoir tout ça, alors qu'ils ne sont même pas chez eux ? »

Il entama le travail sans se presser, content d'avoir abandonné cette lutte qui, en un sens, l'épuisait. S'opposer en permanence à la tentation n'était guère facile. Maintenant qu'il avait baissé les bras, il se sentait allégé d'un fardeau. Mieux, il entrevoyait la fin de ses problèmes financiers, car cette maison, sans aucun doute, contenait de quoi le remettre sur les rails, c'est-à-dire payer ses dettes, pour ensuite se rasseoir à une table de blackjack et s'en relever les poches pleines.

Tout en manipulant les outils, il échafaudait un plan, étudiait les lieux, évaluait les objets qu'il croyait de valeur. Sous prétexte de déterminer où passaient les fils électriques, il posa des questions superflues, se fit conduire au sous-sol pour compléter son exploration et identifier les endroits stratégiques. Ainsi, une fois le moment venu, il saurait où concentrer ses recherches. « Entrer et sortir de cette maison sans être remarqué sera un jeu d'enfant », pensa-t-il.

Il s'activait avec une lenteur contrôlée s'apparentant à de la minutie. N'eussent été ses mains expertes, qui, au fil des années, avaient gardé en mémoire les gestes appropriés, il se serait trompé mille fois, car ses idées étaient ailleurs, accompagnées d'un monologue intérieur composé de mille questions et d'autant de déductions. « Où est-ce qu'ils ont pris tout cet argent ? Ils sont arrivés avec seulement leur linge sur le dos, fuyant la misère de leur pays d'origine, et les voilà aujourd'hui riches comme Crésus ! Ils ont trouvé les moyens de profiter du système, de s'enrichir sur notre dos ! S'ils étaient restés chez eux, ils seraient encore dans un taudis, à vivre les uns sur les autres, à crever de faim. Au lieu de cela, parce qu'on leur a ouvert la porte, ils possèdent plus que je peux espérer, plus que ce à quoi j'ai droit, moi qui suis pourtant né dans ce pays. Non, décidément, le gouvernement favorise trop les immigrants. Je comprends qu'il faut aider les pauvres, mais pas au point de les rendre plus riches que nous. Et on ose me critiquer, moi, pour mes problèmes de boisson et de jeu. Mais dites-moi, simonak ! Comment rester sobre quand on voit une telle injustice ? Comment résister à l'attrait d'un casino où, en quelques minutes, on peut gagner le gros lot ? »

Tandis que ses doigts agiles vissaient, démêlaient, soudaient avec une précision chirurgicale, de temps en temps, il jetait des coups d'œil autour pour reluquer ces choses qu'il aurait aimé posséder, bien qu'il jugeât la plupart d'aucune utilité. Par exemple, ces toiles sur les murs, ces bibelots qui ornaient les tables et le manteau du foyer. « Les bijoux doivent être quelque part dans leur chambre à coucher. » Il en était persuadé. Le collier de perles autour du cou de la femme et ses poignets chargés de bracelets l'attestaient. Ce n'était pas du toc, il le savait. Et puis, la montre que portait l'homme. Nul besoin d'être un expert pour déterminer qu'elle valait son pesant d'or et qu'en échange il pourrait obtenir un bon montant. Le bar au sous-sol, il n'en avait jamais vu de semblable. Sculpté telle une œuvre d'art, il contenant des bouteilles comme celles aperçues dans les rayons vitrés des succursales de la Société des alcools. Rien que par leur forme, on devinait leur prix. En les regardant, il s'était demandé pourquoi certains croyaient nécessaire de payer autant pour se saouler. Sa bière lui suffisait, parfois un peu de gin, pour prendre son pied. « Nul doute, il y a de l'argent caché quelque part, et je le trouverai, quitte à les forcer à parler. Cela ne devrait pas être difficile ; leur faire un peu peur, et le tour serait joué. Mais procéder sans violence, comme au bon vieux temps. » Jamais il n'avait usé de brutalité dans sa pratique. Ça, non. Il n'était pas du genre agressif et du sang, même une goutte, ça le rendait malade.

Cela faisait un peu plus d'une heure qu'il opérait et, bientôt, il leur présenterait sa facture. Quelques gestes adroits pour donner une impression de complexité au travail, et cela, toujours au rythme d'un monologue intérieur. « Qu'est-ce qu'ils doivent bien faire comme métier, ces deux-là, pour avoir tout ça ? Ce n'est sans doute pas la plus belle maison du quartier, mais les autres, au moins, ils sont chez eux, dans leur pays. Ce ne sont pas des étrangers, ce ne sont pas des Noirs venus de ces pays de misère et qui, en un rien de temps, s'enrichissent sur notre dos ! »

Il mit la dernière touche à son travail et se préparait à recevoir le montant demandé quand le téléphone sonna. Il entendit la femme confirmer la présence du couple à un souper qui se tenait le soir même. Il y vit un signe du destin, une occasion à ne pas manquer. Sa tâche serait donc facilitée et il passerait à l'action plus tôt que prévu.

Sa rétribution empochée, il quitta les lieux en se promettant d'y revenir le soir même. Dans l'entrée, encore une fois, la rutilante voiture lui fit un clin d'œil. Il la toisa avec dédain et continua son chemin.

Assis dans sa vieille camionnette, il fuma une cigarette, tout en analysant l'environnement extérieur. Oui, c'était un bon plan. Il en avait déjà réussi des plus dangereux, plus risqués et, pour sûr, il n'avait pas perdu la main. Aucune caméra de surveillance. Les fenêtres du sous-sol dépourvues de barreaux de protection. Il s'y faufilerait aisément. Ni vu ni connu. « Et si jamais ils rentrent à l'improviste, je trouverai un moyen de me sauver sans être identifié. Pas question de les brutaliser, cependant. Ce n'est pas mon genre. Ils peuvent bien être Noirs, ce sont des êtres humains. Je ne suis pas comme ces imbéciles de racistes et les Noirs, je n'ai rien contre. Seulement, les voir si riches, ça me fend le cœur. Ce n'est pas juste. » Ensuite, pour se donner un peu de contenance, il repensa à ses exploits passés, en prenant bien soin d'ignorer ceux qui avaient foiré.

Il occupa le reste de la journée à préparer son coup : rôder aux alentours, observer les allées et venues des voisins et se procurer le matériel nécessaire, soit un faux pistolet, un sac en tissu, l'équipement pour ouvrir la fenêtre du sous-sol, un bas pour se cacher le visage et une lampe de poche. Il ramasserait tout ce qu'il pourrait, tout ce qu'il serait en mesure d'emporter avec lui. « De toute façon, ils ont des assurances. Alors, pour eux, ce ne sera pas une grosse perte. Ensuite, je disparaîtrai quelques jours, le temps de laisser retomber la poussière. »

À dix-huit heures, il fit une dernière tournée de repérage dans le quartier. En passant devant la maison, il ignora la BMW, comme il aurait ignoré un adversaire qu'il ne veut pas affronter. Il stationna sa camionnette un peu plus loin, mais assez proche pour permettre un guet efficace. Peu de temps après, le couple sortit de sa résidence. Les portes de l'allemande claquèrent et la voiture se mit en route. Le moment était venu.

Afin de ne pas attirer des soupçons, il quitta son poste d'observation pour aller se garer sur une rue adjacente. Là, il attendit que la noirceur soit installée pour mettre pied à terre. Sourire aux lèvres, gonflé à bloc, il retrouvait l'excitation d'avant, quand il pratiquait dans les quartiers riches et récoltait à la pelle bijoux, argent et objets de valeur. Cela faisait un bon bout de temps qu'il n'avait pas éprouvé cette sensation, cette montée d'adrénaline qui précède toute opération du genre. Il s'était promis de ne plus retourner *en dedans,* de ne plus connaître la vie de détenu, mais là, il n'y avait pas de danger. Un coup facile. « De toute façon, je n'ai pas le choix. »

Comme la plupart des maisons du quartier, l'accès à la cour arrière ne posait pas de problème, vu qu'aucune barrière ne délimitait la façade. Il s'y glissa furtivement et n'eut aucune difficulté à venir à bout d'une des fenêtres du sous-sol sans briser la vitre. Il n'avait pas perdu la main. Avec une habileté surprenante, il réussit à se faufiler à l'intérieur de la résidence et attendit quelques secondes avant d'allumer sa lampe de poche.

Il décida de commencer par l'étage, qu'il n'avait pas encore vu. Là, il ouvrit successivement les portes des chambres. La troisième était la chambre principale, plus spacieuse et mieux décorée. Il fut sidéré par la dimension du lit et, comme un enfant, il ne put résister à l'envie de sauter sur le matelas en faisant des *hou hou*. Il se reprit vite en pensant à la raison de sa présence dans ce lieu. Rien de très grande valeur, mais quand même quelques bijoux dans les tiroirs de la coiffeuse sur laquelle traînaient des breloques. Le tout atterrit nonchalamment dans le sac en tissu. Il se dirigea ensuite vers la garde-robe et, instinctivement, il se mit à chercher des cachettes inusitées. Son flair opérait encore. Il trouva d'autres bijoux dans un coffret placé sur une étagère et de l'argent dans la poche d'un veston. Il ne prit pas le temps de le compter, mais savait d'instinct que ce n'était pas un gros montant. « C'est mieux que rien ! » se dit-il.

Au rez-de-chaussée, mis à part les bibelots qui traînaient çà et là et auxquels il ne daigna même pas toucher, rien d'intéressant. Une pièce située tout au bout de la maison attira son attention. Il s'y rendit pour découvrir un grand bureau rempli d'objets hétéroclites et dont les murs étaient tapissés de livres. Des diplômes y étaient aussi accrochés. En y jetant un coup d'œil, il put savoir à qui il avait affaire : cette dame menue qui lui avait ouvert la porte quelques heures auparavant était en fait médecin.

Il fit un geste d'approbation de la tête, comme pour signifier qu'il ne s'était pas trompé, que les occupants étaient riches.

Dans l'escalier, en route pour se rendre au sous-sol, quelque chose lui frôla la jambe droite. Pris de peur, il poussa un cri et faillit échapper la lampe de poche. Le chat courut se cacher en miaulant, laissant toute la place au cambrioleur.

Arrivé devant le bar, il sentit son cœur marteler sa poitrine, résultat de la frousse causée par le passage du chat. Il regarda les bouteilles, la plupart même pas entamées, et, tranquillement, monta en lui quelque chose qu'il connaissait bien : cette sensation qui assèche la bouche et installe dans le corps une envie impossible à ignorer. Il se passa la langue sur les lèvres, comme s'il était en présence d'un plat appétissant. Durant quelques secondes, il lutta. En vain. Sa bouche devint plus aride, comme si l'effort déployé pour résister à la tentation avait augmenté sa soif. Finalement, il se dit qu'une seule gorgée suffirait – rien qu'une – pour se remettre d'aplomb. Il déposa le sac sur le comptoir du bar, tendit la main et saisit une bouteille à moitié remplie. C'était un Lagavulin seize ans. À son tour, la lampe de poche atterrit sur le comptoir, le faisceau tourné vers les bouteilles de façon qu'il puisse les voir. Dès lors, les mains libérées, il ouvrit celle qu'il avait en main et s'abreuva à même le goulot.

La première lampée glissa langoureusement dans sa gorge avant de se loger dans son estomac. Ses yeux s'agrandirent.

— Hostie de tabarnak ! C'est ça qu'ils boivent, les riches ? Qu'est-ce que c'est que ça ?

Il examina la bouteille et lit à haute voix l'étiquette en détachant chacune des syllabes :

— La-ga-vu-lin. Avec un goût pareil, impossible de se saouler !

Il porta une seconde fois le goulot à ses lèvres et, cette fois, le garda un peu plus longtemps. Il se demanda alors si le contenu des autres bouteilles était aussi suave. Pour le vérifier, il prit une boîte qu'il trouvait belle et sur laquelle était écrit Hennessy X.O. Il déposa le Lagavulin et entreprit d'ouvrir la boîte. En voyant la bouteille, ses yeux s'agrandirent en même temps qu'un sifflement sortit de sa bouche.

— Hostie ! Même leurs bouteilles sont sophistiquées. Il faut que je goûte à ça.

Il était près de minuit quand les propriétaires des lieux revinrent du restaurant après une agréable soirée en compagnie de leurs amis. Ils étaient si fatigués qu'ils se précipitèrent dans leur chambre, où ils se déshabillèrent avec empressement pour se coucher. Très vite, le sommeil s'empara d'eux. Mais pas pour longtemps : dans la maison, un bruit sourd et régulier, tel un bourdonnement, se faisait entendre.

La femme fut la première à se réveiller. Assise sur le lit, elle tendit l'oreille. Le bruit venait d'en bas, peut-être du rez-de-chaussée. Elle secoua doucement son mari et, à voix basse, lui fit comprendre qu'il y avait quelqu'un dans la maison. Aussitôt, l'homme se leva et saisit le bâton de baseball qu'il gardait toujours appuyé contre la table de chevet. Son épouse le suivit. Les deux marchant sur la pointe des pieds, le cœur palpitant, ils descendirent l'escalier pour se rendre au rez-de-chaussée. Avec mille précautions, ils firent le tour des pièces et allumèrent toutes les lampes. Un rapide coup d'œil leur indiqua que rien ne manquait. Peut-être que le voleur venait juste de pénétrer dans la maison, pensèrent-ils. La femme se précipita sur le téléphone pour appeler la police, mais, d'un signe de la main, son mari lui demanda d'attendre avant de composer le 911.

Téméraire et se croyant encore assez jeune et fort pour se défendre, il décida d'aller voir au sous-sol, d'autant plus que le bruit avait cessé. Angoissée, sa femme lui emboîta le pas, plus pour ne pas rester seule que par envie d'inspecter cette partie de la maison. Elle détestait quand son mari agissait de la sorte ; cette manie qu'il avait de toujours vouloir braver le danger.

Alors qu'ils étaient dans l'escalier, le bruit reprit, plus fort et entrecoupé, de ce qui semblait être des chuintements. Bien que ce qui parvenait à leurs oreilles n'eût rien d'un miaulement, ils pensèrent au chat. L'animal était peut-être malade. Malgré cette supposition, leurs pas restaient hésitants, craintifs. Toujours sur leurs gardes, le mari était prêt à frapper et la femme déterminée à composer les trois chiffres. Lentement, ils complétèrent la descente de l'escalier.

Le mari actionna l'interrupteur. Tout paraissait normal, à l'exception de la boîte vide qui traînait sur le comptoir du bar. Le bruit aussi venait de là. L'homme prit les devants ; les deux bras levés au-dessus de sa tête et les mains tenant fermement le batte de baseball, il se dirigea derrière le bar. Au moindre danger, il attaquerait, sans pitié.

Déjà, la femme se sentait défaillir. Ses yeux allaient de son mari au téléphone qu'elle serrait dans sa main, prête à appuyer sur les trois touches pour demander du secours. Puis, elle vit son homme baisser lentement les bras alors que l'expression de son visage passait de la crainte à la surprise. Il fit signe à son épouse qui, à moitié rassurée, s'avança pour découvrir un homme gisant sur le plancher, en position fœtale, pressant sur son cœur une bouteille de Hennessy X.O. presque vide, comme si c'était son bien le plus précieux. Il ronflait bruyamment et, à ses côtés, reposait une bouteille de Lagavulin, qui elle ne contenait plus une goutte.

Les deux policiers eurent toutes les peines du monde à le réveiller pour lui passer les menottes.

5

MAÎTRE CLÉRIMONT

Pendant des années, j'ai éprouvé du ressentiment à l'endroit de maître Clérimont. Il m'a fallu du temps pour comprendre qu'en fin de compte, cet instituteur ne faisait que reporter sur ses élèves toute la frustration qui l'habitait. En effet, enseigner à des dizaines de gamins turbulents alors qu'on est peu et mal payé n'est sûrement pas une sinécure. De toute évidence, il exerçait ce métier à défaut de trouver mieux. Et qui sait, peut-être qu'enfant, il avait été maltraité par ses enseignants et qu'il reproduisait sur ses élèves le modèle qu'il avait connu. Bien sûr, cela n'excusait pas son comportement, car certains de ses collègues agissaient autrement. Néanmoins, devenu adulte, je compris qu'il ne servait à rien de lui en vouloir, même si l'année que j'ai passée sous sa férule fut l'une des pires de ma vie.

J'avais neuf ans quand ce que je redoutais le plus au monde était arrivé : atterrir dans la classe de maître Clérimont, l'un des instituteurs les plus redoutables de l'école. C'était connu qu'il prenait plaisir à terroriser ses élèves. Dès le premier jour, je savais que je m'étais retrouvé en enfer avant même d'être mort.

Lorsqu'en faisant l'appel il prononça mon nom et que je me mis debout en répondant « Présent », son regard s'attarda longuement sur ma personne, comme si, à cause de ma stature, il me désignait déjà comme l'une de ses victimes favorites.

C'est que, malgré un âge similaire à celui de mes camarades, j'étais le plus grand de la classe. Plus qu'eux, la nature m'avait gratifié de sève nécessaire à ma croissance, sans cependant augmenter mon intelligence. Aux yeux de maître Clérimont, c'était une offense grave. Pour lui, la compréhension des matières scolaires devait être proportionnelle à la taille de l'élève. Tel n'était pas mon cas et il entendait me faire payer ce soi-disant avantage. Certes, je n'étais pas un cancre et je pouvais aisément me placer dans la moyenne du groupe. Mais, très vite, je devins le souffre-douleur attitré de maître Clérimont. Pas qu'il épargnait les autres, non : tout le monde y passait, même les meilleurs, quoiqu'un peu moins.

De prime abord, cet homme assez jeune, au physique agréable et toujours bien mis, ne présentait aucun signe de méchanceté. Sous sa veste, on devinait ses muscles puissants à force de soulever des haltères. Et il se servait largement de cette puissance pour jouer son rôle de bourreau.

La première semaine n'était pas écoulée que déjà toute la classe avait goûté à sa médecine. Pour lui, tout était un délit punissable : une tache d'encre dans un cahier, une erreur dans une dictée, une hésitation avant de donner une réponse – tout. Pour mon malheur, je commis six fautes dans la première dictée. En plus des douze coups de fouet – deux par faute –, ce jour-là, je reçus le surnom qui n'allait plus me quitter durant toute l'année scolaire : le grand bêta.

Sur le coup, je ne compris pas tout à fait le sens de ce sobriquet, mais je savais que c'était une injure. Entre le mot bêta et le mot bête, le lien était facile.

J'avais beau étudier à la maison et m'appliquer en classe, l'appréhension d'une fessée à tout moment m'enlevait mes moyens. Résultats : une bastonnade quotidienne et un bégaiement immédiat en présence de cet homme. Aujourd'hui encore, je garde des séquelles de cette époque : quand ma nervosité atteint un seuil critique, je me mets à bafouiller.

Ainsi, très vite après la rentrée, lassé d'être puni plus que de raison, j'abandonnai la partie. Si j'ouvrais mes livres, c'était sans espoir d'échapper au courroux, mais plutôt pour l'anticiper. J'avais l'impression que cette anticipation me rendait plus fort dans mon infortune, me permettait de l'affronter avec un peu plus de courage.

Dans tout cela, mes parents ne me furent d'aucun secours ; au contraire, voyant mes notes baisser, ils se placèrent du côté de l'enseignant qui, selon eux, agissait pour mon bien. Ainsi, à la maison, je devins presque aussi malheureux qu'en classe, car, en vue de corriger la situation et de me punir, on m'interdisait tous les jeux auxquels je m'adonnais à cette époque.

Enfin arriva ce qui allait mettre fin à ma souffrance. Je crois que mon corps, n'en pouvant plus, trouva un moyen pour se défendre.

C'était un lundi. Après avoir passé la fin de semaine plongé dans mes livres, pour une des rares fois, j'espérais être dispensé de châtiment. Sous la supervision de ma mère, j'avais fait mes devoirs et appris mes leçons. Cependant, au moment de démontrer mes connaissances à mon instituteur, de nouveau, je perdis mes moyens.

Tout d'abord, je fus puni parce que je bégayais trop lors de la récitation de mes leçons. Ensuite, lorsqu'il lut la dictée, je compris et j'écrivis plusieurs mots de travers : ce fut le comble. J'obtins l'un des pires résultats de la classe.

Évidemment, nous étions plusieurs à subir la punition et, dans la rangée des condamnés en route pour l'abattoir, j'étais le dernier – le plat de résistance. Certains pleuraient d'avance ; d'autres, terrifiés, affichaient des yeux exorbités en attendant d'être tabassés. Quand vint mon tour, pour la première fois dans de telles circonstances, je n'avais pas peur, car quelque chose de plus fort que j'essayais de contrôler me prit aux tripes, m'empêcha de bouger. Le maître eut beau m'ordonner d'avancer vers son pupitre, je restai sur place, pétrifié. Il vit là un signe de défi et cela le mit hors de lui. Le fouet dans la main droite, il étira son bras gauche pour saisir le mien et m'attirer à lui. En un rien de temps, je me retrouvai le ventre sur ses cuisses de façon à bien offrir mon popotin à son instrument de torture.

Le premier coup fut d'une telle violence qu'aussitôt je sus que je serais perdant dans la lutte pour contrôler mes intestins, qui, depuis un bon moment déjà, ne demandaient qu'à se vider. La nature avait quand même priorité sur la méchanceté. Au second coup, dans une ultime tentative, j'entrepris de serrer les fesses, tout en redoutant ce qui pouvait arriver. Le troisième amena la douleur à son summum et m'enleva la volonté de résister. La chose trop longtemps retenue fut alors expulsée avec force. En un rien de temps, elle inonda le pantalon de mon instituteur. Retentit alors un « Tonnerre de Dieu ! » qui remplit toute la salle, en même temps que, brutalement, maître Clérimont me remettait sur mes pieds pour me repousser loin de lui.

Pendant qu'il me regardait avec dans les yeux une rage qu'il s'efforçait de dompter, quelques rires fusèrent. Gêné comme je ne l'avais jamais été de ma vie, je demeurai figé, sentant cette chose humide qui me mouillait les fesses et coulait le long de ma jambe gauche. Sans le « Fous le camp d'ici ! » qui tonna aussi fort que le « Tonnerre de Dieu ! », je serais peut-être resté à attendre d'autres coups. Toutefois, cet ordre eut l'effet de me sortir de ma léthargie et, aussitôt, je m'enfuis de ce lieu maudit, sans prendre le temps d'aller chercher mes livres à mon pupitre.

Jamais je n'avais parcouru si vite le trajet de l'école à la maison, relativement court, soit dit en passant. Mon pantalon me collait aux fesses et cette chose froide sur ma peau rendait tout mouvement des plus inconfortables. Cependant, la honte et la peur de me faire remarquer me donnèrent des ailes et, en un rien de temps, je fus devant ma porte.

Une fois celle-ci franchie, je me dirigeai tout droit vers les latrines, où je fis disparaître le vêtement souillé. Il avait un aspect tellement dégoûtant que je ne voulais plus le voir, que je n'entendais plus le porter. Ensuite, dans mon costume d'Adam, je me sentis libéré d'un poids si lourd que je me foutais totalement de ma nudité. Je quittai alors les latrines pour la douche, située dans un coin de la cour. J'y restai un long moment et, soucieux de ne laisser aucune trace de mon malheur, je fis usage du savon beaucoup plus qu'il ne le fallait.

Ma mère, qui s'étonnait autant de ma présence que de mon comportement, vint s'enquérir de mon état. Timidement, je lui demandai de m'apporter une serviette, ce qu'elle fit en se plantant devant moi avec cette attitude interrogative et sévère à laquelle je ne pouvais échapper.

Pourtant, durant plusieurs minutes, je fus incapable de répondre à ses multiples questions. Les mots se formaient dans ma tête, mais peinaient à sortir de ma bouche. Il faut dire qu'à moins d'être un bébé, on ne peut, même à sa mère, faire savoir qu'on a déféqué dans son pantalon. Finalement, je passai aux aveux et, en m'exprimant, ma honte se transforma en colère, comme si le fait de parler libérait mes sentiments.

Je sortis alors tout ce que j'avais sur le cœur : ma haine envers cet instituteur, la terreur qui régnait dans la classe, les mauvais traitements dont j'étais victime, mon surnom de *grand bêta* et l'incompréhension de mes parents, qui laissaient tout cela se produire. Ma mère m'écouta avec attention et, quand je finis de parler, je la vis se tenir le menton, tout en hochant la tête, signe d'étonnement extrême. Puis, elle me dit que, le lendemain, elle irait parler à monsieur Clérimont.

Comme convenu, le jour d'après, armé de tout le courage dont j'étais capable et du peu de fierté qui me restait, je me présentai en classe accompagné de ma mère. Alors qu'elle restait au seuil de la porte à attendre que l'instituteur vienne l'accueillir, timidement, je me dirigeai vers ma place habituelle. La conversation entre les deux adultes ne dura pas longtemps et jamais je ne sus ce qui s'était dit.

Cependant, au cours des heures qui suivirent, maître Clérimont parut contrarié et la journée se passa sans qu'il m'adressât la parole. Bien sûr, il garda son air intransigeant ; toutefois, il fit moins appel à son fouet.

Naturellement, dès le lendemain, les choses revinrent à la normale et les punitions reprirent de plus belle, à la seule différence que, comme par miracle, j'en étais désormais épargné. Mieux encore, jusqu'à la fin de l'année scolaire, maître Clérimont m'ignora complètement, et cela, malgré mes hésitations lors des récitations, les fautes dans mes dictées ou mes erreurs de calcul. Cela dit, je me tenais toujours sur mes gardes et faisais de mon mieux pour être l'élève le plus sage possible, car, en dépit de ce changement, la crainte et l'aversion que je nourrissais à son endroit ne diminuèrent pas.

Quand, deux ans plus tard, je quittai Haïti pour le Canada, j'emportai ces sentiments avec moi et je les gardai, jusqu'à ce qu'au fil du temps ils cédèrent leur place au pardon.

*

Me voilà, à vingt ans d'intervalle, dans ma ville natale. Maître Clérimont réside toujours à la même adresse, soit la petite maison en face du palais de justice. L'envie de le revoir est trop forte pour être contrôlée. Deux coups à la porte et il est devant moi, en chemisette, l'air méchant.

Les années n'ont pas évacué sa hargne et je le sens prêt à cracher son venin. Côté caractère, le bonhomme n'a apparemment pas changé et cette constatation me déçoit, car, dans ma naïveté, je m'attendais à rencontrer un homme plus doux, assagi. Pourtant, le temps a fait son œuvre et la vieillesse s'est incrustée dans ce corps autrefois si robuste. L'homme paraît fatigué, fragile. Son pantalon, retenu par des bretelles, est visiblement trop grand pour lui. Sa chemisette, d'un blanc douteux, laisse voir ses bras maigres. Les muscles, si puissants dans sa jeunesse, ont fondu. Maître Clérimont n'est plus que l'ombre de lui-même. Il me fixe de ses yeux lessivés, semblant chercher au fond de sa mémoire ce visage qui, de prime abord, ne lui dit rien.

— Maître Clérimont !

— Oui. À qui ai-je l'honneur ?

— Un de vos anciens élèves.

Il a dû entendre ces mots des centaines de fois et peut-être sur des tons chargés de reproches. Aussitôt, je le sens sur ses gardes et il adopte un air encore plus renfrogné. Du tac au tac, il répond :

— C'est que j'en ai eu beaucoup et pas toujours des plus brillants.

Cette attitude bourrue réveille un brin de ma rancœur passée.

— C'est vrai. Je ne faisais pas partie des plus brillants. Cependant, je suis sûr que vous ne m'avez pas oublié, car j'ai fait ce qu'aucun autre de vos élèves n'a fait.

— Ah bon. Et qu'avez-vous fait, jeune homme ?

— Je vous ai chié dessus.

Il a un mouvement de recul. Puis, un semblant de sourire se dessine sur ses lèvres. Il m'a reconnu.

— Mais dis donc, Benoît Baptiste, c'est bien toi. C'est vrai, je n'ai jamais oublié cet incident. Comment ça va, mon cher ? Inutile de te demander si tu te débrouilles bien là-bas. Ça, j'en suis sûr, car tu as eu un bon instituteur.

— J'ai eu de bons instituteurs, certes, mais vous n'en faites pas partie. Pour vous, j'étais le grand bêta et, à mes yeux, vous étiez un bourreau qui prenait plaisir à terroriser des enfants.

— C'était pour votre bien, jeune homme. Vous devriez me remercier. Si vous êtes devenu qui vous êtes, c'est grâce à mon enseignement. D'ailleurs, je suis sûr que cela vous a inculqué la discipline nécessaire pour réussir votre vie. N'est-ce pas ?

C'est plus fort que moi. J'avance d'un pas et les mots fusent de ma bouche.

— Allez vous faire foutre, Clérimont!

Il recule, effrayé par le ton employé, car, sans m'en rendre compte, j'ai élevé la voix.

Me retrouver en présence de cet homme qui, de toute évidence, persiste à ne pas reconnaître ses torts m'a mis hors de moi. Son semblant de sourire s'est transformé en grimace. Il a perdu de son assurance.

— Mon garçon, dit-il, il faut oublier ces choses-là. Il faut pardonner. Je suis maintenant un vieil homme rongé par la maladie. Ce qui s'est passé est passé.

De la pièce attenante, j'entends des pas se rapprocher et, quelques secondes après, je vois une main pousser le rideau pour laisser apparaître le visage interrogatif et inquiet d'une femme. Elle a un regard perplexe qui tout de suite me touche. C'est sûrement son épouse. Quand le visage disparaît, mes yeux retrouvent l'instituteur qui, maintenant, tient fermement le dossier d'une chaise sur lequel semble reposer tout son poids, comme si c'était sa seule façon de rester à la verticale. Il paraît exténué, sans doute à cause de la maladie et des émotions qu'il vient de vivre. Il prend place sur la chaise et me dit:

— Asseyez-vous, jeune homme.

J'obéis comme autrefois, comme s'il était encore mon maître. Je me rends compte de l'absurdité de la situation et cela chasse ma colère. Pendant plusieurs minutes, je demeure en face de Clérimont, à le regarder en silence et avec une certaine gêne d'avoir été rude avec lui. Alors que je pense à une façon honorable de mettre fin à notre entretien, surgit une marchande avec sur la tête un panier rempli de pain. Elle se tient devant la porte avec un air sévère.

— Mon argent, monsieur Clérimont.

— Revenez demain. Je suis occupé.

Le ton est bourru, sans appel, pour éviter toute réplique. La marchande le foudroie du regard en faisant entendre un tchip sonore. Elle ouvre la bouche pour protester, mais je ne lui en laisse pas le temps. Je comprends l'embarras que la situation provoque chez maître Clérimont et l'idée me vient sur-le-champ. J'interviens.

— Madame, j'aimerais bien manger un morceau.

La physionomie de la marchande change aussitôt. Toute souriante, elle dépose son panier sous mes yeux, tandis que maître Clérimont, lui, reste impassible. M'adressant à mon ancien instituteur, de mon ton le plus chaleureux, je lui demande un verre d'eau. Il se lève péniblement de sa chaise et, à pas lents, disparaît derrière le rideau. En le regardant, je me dis que, malgré tout, la vie n'a pas été généreuse avec cet homme.

À voix basse, je parle à la marchande, qui s'empresse de me répondre. Aussi promptement, je sors mon portefeuille, paye mon pain et rembourse la dette de maître Clérimont. Quand il revient, il me trouve avec, dans les mains, plus de pain que lui et moi ne pouvons manger. Tandis que la marchande remet son panier sur sa tête, il nous regarde, à tour de rôle, d'un air interrogateur.

— Cher maître, nous allons nous régaler, lui dis-je en me frottant les mains.

6

AU NOM DU PÈRE

Dans la file d'attente, l'homme avançait tranquillement, au gré du mouvement de ceux qui le précédaient. Sa grandeur, son allure et ses habits contrastaient avec les autres voyageurs : un mètre quatre-vingt-dix, complet bleu marine de bonne coupe sur une chemise blanche, tempes grisonnantes et une prestance qui jurait avec les circonstances. Alors que les gens autour de lui affichaient un air résigné en traînant des valises et des colis de toutes sortes, lui n'avait pour tout bagage qu'un porte-document tenu d'une main ferme, tel un cadre de direction se rendant à son travail. De toute évidence, il voyageait léger. Cependant, on le sentait nerveux, impatient d'arriver au comptoir pour rencontrer l'agent d'immigration.

Sa particularité n'avait pas échappé à l'œil exercé de l'agent Serge. En effet, des hommes en complet venant demander le statut de réfugié, il n'en voyait pas beaucoup. Le plus souvent, ces migrants se présentaient devant lui en piteux état, après avoir traversé plusieurs pays, surmonté bien des difficultés et subi des sévices de toutes sortes. Quand l'homme fut le prochain dans la file, assez près pour laisser distinguer ses traits, Serge sentit une onde de choc traverser son corps.

Durant de longues secondes, son regard s'attarda sur l'individu, oubliant momentanément la femme qu'il était en train d'interroger. Étonnée par ce comportement bizarre, cette dernière tourna la tête pour voir l'objet de cette distraction. Lorsque, de nouveau, elle regarda son interviewer, elle remarqua que celui-ci avait le visage transformé, comme s'il était en proie à quelque malaise. Elle voulut lui demander si c'était le cas, mais n'osa pas. Toutefois, elle eut l'impression que Serge ne l'écoutait plus, vu que sans cesse ses yeux allaient se poser sur l'homme dans la file d'attente. Quand abruptement Serge mit fin à l'entrevue, la femme, elle, souhaita que cette précipitation ne soit pas à son désavantage.

L'agent fit un geste de la main à l'homme, qui aussitôt s'avança vers lui. Les voilà maintenant face à face. Tout en essayant de maîtriser ses émotions, Serge scruta ce visage qui depuis son enfance hantait ses cauchemars. Malgré le temps, les traits n'avaient pas trop vieilli. Il ne lui manquait que les verres fumés qui autrefois faisaient partie de son accoutrement et qui servaient à cacher son regard malfaisant. Émanait toujours de sa personne un restant de l'autorité dont il avait usé pour exécuter ses basses besognes. À croire que des années de pouvoir sans limites, de crimes et de luxe, ça conserve. Seuls les yeux de l'homme trahissaient ses tourments intérieurs, sa nervosité, sa vulnérabilité. Il présenta son passeport, que Serge, sans un mot, sans le bonjour d'usage, lui prit des mains.

Bien qu'il fût certain de l'identité de celui qui lui faisait face, l'agent ouvrit le document à la deuxième page, là où figurait le nom, celui qui jadis faisait trembler les Haïtiens: Roger Grosmain. La gorge serrée et les muscles crispés, Serge s'efforça de garder son calme. Il déposa le passeport sur le comptoir et leva la tête pour fixer le voyageur d'un regard si dur que ce dernier ne put le soutenir.

Roger Grosmain avait décelé dans l'attitude de Serge quelque chose d'incongru, une agressivité retenue. Il connaissait ce genre de comportement qui, jadis, faisait partie de son arsenal. Dès lors, il fut en état d'alerte et décida qu'il allait jouer à fond le jeu du persécuté afin d'obtenir le droit de résider au Canada. Serge réussit à desserrer les dents pour poser la première question :

— Où est-ce que vous allez, monsieur ?

— À Montréal.

— Quel est le but de votre voyage ?

— Je viens demander l'asile politique.

La phrase était prononcée d'une voix inquiète, presque suppliante. Sans hésiter, Serge demanda à Roger Grosmain de le suivre. Il voulait utiliser un des bureaux fermés pour procéder à l'interrogatoire. C'était la façon de procéder pour les cas difficiles ou quand cela nécessitait le recours d'un interprète. Pourtant, ces deux situations ne s'appliquaient pas.

Il entendait plutôt exécuter le plan qui s'était formé dans sa tête depuis qu'il avait reconnu le bourreau dans la file d'attente. Il avait tant de fois souhaité ce moment, sans penser qu'il arriverait alors qu'il était sur les lieux de son travail. Lui revinrent en mémoire les images de cette nuit fatidique, ces images qui l'obsédaient depuis l'enfance. À dessein, il choisit le bureau au fond du couloir, qui par chance était libre à ce moment-là. Éloignée du hall d'entrée et de son brouhaha habituel, cette pièce était plus propice à son projet.

Une fois à l'intérieur, il indiqua à l'homme la chaise qui lui était désignée. Ensuite, avant de s'asseoir à son tour, discrètement, il posa le premier geste contraire aux règlements régissant ses fonctions : il actionna le loquet servant à bloquer la porte de façon que personne ne puisse y pénétrer.

La rage qu'il essayait de maîtriser fit trembler sa voix quand il posa les premières questions. Cette attitude bourrue n'échappa pas à Roger Grosmain, mais celui-ci s'appliqua surtout à maîtriser son inquiétude et à répondre de son ton le plus affable aux questions. D'une écriture saccadée, Serge consignait les informations, tout en sachant qu'il serait incapable d'aller jusqu'au bout de ce long formulaire. La principale interrogation se déroulait plutôt dans sa tête. Comment débuter ? Le lui dire d'abord et agir ensuite ? Il ne trouva pas la réponse. Il fit appel à toute la patience dont il était capable pour continuer.

— Pourquoi demandez-vous l'asile politique ?

Avec un trémolo dans la voix, Roger Grosmain expliqua :

— Parce que là-bas, ils veulent ma peau. C'est un miracle si j'ai réussi à m'échapper.

— Et pourquoi on veut votre peau ?

— Mon garçon… Je peux vous appeler ainsi, n'est-ce pas ? Je vous regarde et vous ressemblez à mon fils. Mon garçon, on m'identifie à tort à l'ancien régime. Moi, un honnête père de famille, on m'accuse de crimes dont je ne connais pas l'existence. Plusieurs fois, on a attenté à ma vie. Si je retourne là-bas, c'est sûr, ils me tueront.

Malgré sa colère et l'envie de passer à l'action, Serge se régalait de ce spectacle. — Donc, c'est faux, ce qu'on dit de vous ? Vous n'êtes pas un de ces fameux tontons macoutes ? demanda-t-il.

— Mais bien sûr que non, bien sûr que non. Il y a erreur sur la personne et, dans les circonstances, je ne peux même pas plaider ma cause. Je vous le dis, ils sont en train de devenir fous, là-bas. Le pays est presque à feu et à sang, et il y a beaucoup de victimes innocentes comme moi. S'il vous plaît, aidez-moi.

Serge regarda longuement cet individu qui jadis semait la terreur partout où il allait, par sa seule présence. Quel revirement de situation ! Après tant d'années, voici Roger Grosmain en paria, à sa merci, fuyant le pays où il régnait en maître, le pays où il avait brisé tant de vies. Devant lui, ce qui restait de la prestance et de l'arrogance de ce tortionnaire avait foutu le camp pour céder la place à un être abattu, faisant presque pitié.

— Vous êtes Haïtien, n'est-ce pas ?

Plus qu'une question, c'était plutôt une affirmation, un genre d'appel à la compassion fraternelle, auquel Serge n'accorda aucune attention. Au lieu de répondre, il déposa son stylo et, avec une lenteur calculée, il sortit de sa poche le badge et le plaça devant Roger Grosmain afin qu'il puisse lire son nom. Serge Dorisma. Par ce geste, il espérait réveiller la mémoire de son interlocuteur, une mémoire qui le conduirait jusqu'à lui. Or, très vite, il comprit que cette stratégie était vaine, car les bourreaux ne retiennent pas nécessairement les noms de leurs victimes. « Peut-être leur visage ? » pensa Serge. Selon l'avis de tous, il était le portrait craché de son père. Alors, il demanda à Roger Grosmain de bien le regarder. Surpris par une telle requête, ce dernier obéit, tout en continuant de parler.

— Ah, si vous saviez tout ce que j'ai enduré avant d'arriver ici ! C'est un miracle si j'y suis, aujourd'hui. Je vous le jure. Vous n'êtes peut-être pas au courant, mais ce n'est plus comme autrefois. Vous qui connaissez les lois du Canada, s'il vous plaît, dites-moi quoi faire pour y rester. Je vous en supplie.

Roger Grosmain poursuivit sa plaidoirie, allouant à son interviewer des pouvoirs qu'il n'avait pas, mais sa voix larmoyante n'émut nullement Serge. Au contraire, ce discours mensonger exacerbait sa colère, déjà à son comble. L'agent sentit céder tous les barrages qu'il avait érigés afin de se contenir. Ses poings le démangeaient et il les voyait s'écraser sur la figure de l'assassin de son père. Le coup serait tellement puissant qu'il le projetterait à terre et là, de son pied, il lui briserait les côtes une à une. Bien sûr, l'autre pousserait des cris de douleur, mais la porte fermée bloquerait quiconque voudrait entrer pour l'empêcher d'agir. Il frapperait Roger Grosmain jusqu'à ce qu'à bout de force, ses poings et ses pieds ne lui obéissent plus. Ensuite, il le regarderait baigner dans son sang et dirait : « Justice est rendue. » Ce qui allait arriver après, il s'en foutait, mais jamais plus le visage de cet homme ne viendrait hanter ses nuits.

Les quelques secondes nécessaires pour visualiser ce scénario furent un genre de réchauffement pour Serge. Il était maintenant prêt à agir. Toutefois, il fallait d'abord que l'autre sache. Alors, dominant son impatience et s'efforçant de retrouver un semblant de calme, il s'adressa de nouveau à Roger Grosmain.

— Vous m'avez regardé, mais vous n'avez rien remarqué, n'est-ce pas ? Je vais vous montrer une photo susceptible de vous rafraîchir la mémoire.

Posément, il sortit de son portefeuille la photo dont il ne se séparait jamais et la déposa sur le bureau.

— C'était mon père, lui asséna Serge.

Les yeux de Roger se fixèrent sur le cliché et y restèrent durant plusieurs secondes, le temps de retourner à cette fameuse nuit au cours de laquelle il avait fait irruption dans la maison de François Dorisma et de se rappeler tout ce qui lui était arrivé jusqu'à sa mort. Il se souvint du courage dont cet homme avait fait preuve sous la torture. Il se souvint surtout que, malgré toutes les techniques employées, il n'avait pas réussi à le casser. Il se souvint de ses dernières paroles, qui, à présent, résonnaient en écho dans ses oreilles: «Tu le paieras, tôt ou tard.»

«Voilà, je vais payer», se dit-il. Puis, lentement, il leva les yeux vers son vis-à-vis, des yeux terrorisés par la peur de la vengeance, et s'étonna de ne pas avoir noté la ressemblance entre le père et le fils. Quand il vit Serge se lever pour contourner le bureau et s'approcher de lui, il ferma les yeux et baissa la tête. Résigné, il était prêt à subir la vengeance.

À présent, Serge se tenait à ses côtés, les poings serrés, dans un silence abyssal. Un silence si lourd qu'il semblait pousser les murs de la salle pour s'installer. Roger Grosmain, la tête toujours baissée, attendait le premier coup, comme le condamné sur l'échafaud qui attend la tombée du couperet. Dans un ultime effort, il trouva le courage de parler ou, du moins, il essaya, car ce qui sortit de sa bouche fut moins qu'un chuchotement.

— Je suis vraiment désolé.

Puis, comme si ces mots et cette attente l'avaient épuisé, il mit ses bras sur le bureau, y déposa sa tête devenue trop lourde et commença à sangloter. Serge regarda le dos de l'homme que des spasmes faisaient continuellement bouger. L'espace d'un instant, une ombre de compassion le visita, mais il la chassa rapidement, en se disant que, dans ses projets macabres, ce bourreau n'avait probablement jamais eu pitié de ses victimes. D'ailleurs, on rapportait que, lorsque ses sbires se sentaient dépassés par leur tâche, il les remplaçait au pied levé, avec une facilité et un détachement déconcertants. « Aujourd'hui, se dit Serge, je serai le justicier. Pour mon père et pour tous les autres. » Et quand il parla, sa voix était tellement chargée de colère, de haine et de détermination que Roger Grosmain en frissonna.

— Que vous soyez désolé ou pas ne change rien à ce qui va arriver. Vous allez payer pour vos crimes.

Au moment où son poing allait s'abattre sur l'assassin de son père, Serge réprima son élan. Les bras de Roger Grosmain glissèrent de la table et pendirent le long de ses jambes. Puis, ce fut au tour de sa tête, qui, à présent, touchait presque ses genoux, alors que les spasmes continuaient de secouer son buste. On aurait dit une poupée désarticulée qui peinait à trouver son équilibre. Un équilibre impossible puisque, l'instant d'après, son corps bascula pour aller occuper le plancher.

Serge recula légèrement pour regarder l'homme qui gisait à ses pieds et qui n'opposait aucune résistance à ses sanglots. Cette fois, il ne put chasser la pitié qu'il sentit monter en lui. Subitement et malgré lui, sa colère s'évapora, ses poings se desserrèrent et son désir de châtiment disparut. La vengeance dont il rêvait depuis tant d'années était à sa portée, au bout de ses poings, sous ses yeux. Pourtant, elle était assouvie sans qu'un coup soit donné, sans qu'une goutte de sang soit versée. La vue de la loque humaine couchée à ses pieds lui suffisait. Nul besoin d'user de violence, car Roger Grosmain traînerait le poids de sa conscience pour le restant de ses jours, l'image de François Dorisma le hanterait jusqu'à son dernier souffle.

Serge ressentit un calme et un soulagement dont il se serait cru incapable l'instant d'avant. Doucement, il se pencha sur le corps et, d'un geste lent, il saisit Roger Grosmain par le bras pour l'aider à se relever et à reprendre sa place sur la chaise. Quand il reparla, ce fut sur un ton tout autre que celui des minutes précédentes. Il offrit un verre d'eau à Roger Grosmain qui, surpris d'un tel changement, acquiesça d'un signe de la tête, mais ne chercha pas à cacher l'étonnement que trahissait son visage.

Quelques minutes plus tard, Serge revint et tendit le verre d'eau à l'ancien tortionnaire. Ensuite, il lui fit savoir qu'étant donné les circonstances, il devait, selon les règlements, laisser ce dossier à un collègue, qui viendrait sous peu l'interroger. Sur la table traînait toujours la photo de son père. Il la prit et la mit dans la poche de sa chemise, puis, tranquillement, il quitta le bureau.

7

LES YEUX DE POMPON

J'aime les chiens. Toutes sortes de chiens. Qu'importent leur taille, leurs traits de personnalité, leur couleur, le nom qu'on leur donne ; je les trouve tous beaux. Pour moi, les chiens, c'est comme les humains : sans égard à leur race, ils restent des chiens et sont donc d'égale valeur. Discriminer cette espèce sur la base de sa différence, c'est faire preuve de racisme et attester que tel groupe est supérieur à un autre. Il ne saurait en être ainsi.

J'aime les chiens, mais je suis parfois troublé par leur regard. Un regard de chien, ça parle et ça dit beaucoup. Au cours de sa vie de chien, les yeux de Pompon m'ont tellement parlé que j'en reste marqué et, souvent, il m'arrive de déceler l'humeur et les sentiments d'un chien croisé sur la rue ou dans un parc juste par son regard, ce regard qui, par moments, me ramène à Pompon.

Je ne me souviens plus de sa provenance. Peut-être m'a-t-il été donné par quelqu'un que j'avais harcelé avec mes demandes répétées. Ma mémoire me fait défaut. N'empêche qu'aussitôt entré dans la maison, Pompon fut adopté par toute la famille.

Au début, c'était un magnifique chiot, brun avec des pattes blanches. J'en prenais soin. Oh que oui ! Pompon, c'était mon compagnon de jeu et mon ami. J'étais fier lorsque je me promenais avec lui et qu'il me suivait docilement dans mes virées dans le quartier. Petit, Pompon avait des yeux rieurs, des yeux d'enfant, des yeux espiègles. C'était le temps où lui et moi nous amusions à longueur de journée.

À mesure qu'il grandissait, je voyais s'élargir sa gamme de regards : triste et gêné quand on le grondait, content lorsqu'on le récompensait, fâché si on le taquinait ou lorsqu'un étranger envahissait notre territoire, attentionné et compatissant quand j'avais de la peine. Ainsi, je pouvais à loisir déterminer l'état d'âme de mon chien.

À la fin de sa vie, tandis qu'il était rongé par la maladie, tout ce que je voyais dans les yeux de Pompon se résumait à tristesse et souffrance. Et ça, ce ne fut pas facile à supporter. Cet animal, si beau et gai au début, faisait pitié à voir. Pompon était réduit à sa plus simple expression.

En maintes occasions, ma mère l'emmena chez le seul vétérinaire de la ville, mais ce dernier fut incapable de redonner à Pompon sa jeunesse, et la tumeur dans son arrière-train grossissait de plus en plus, au point de rendre ses déplacements difficiles et sûrement douloureux. Mon superbe toutou n'était plus que l'ombre de lui-même. Inutile de préciser qu'il ne m'accompagnait plus dans mes promenades.

Pompon dégageait désormais une odeur fétide, repoussante pour quiconque ne nourrissait pas une affection pour cet animal, c'est-à-dire tous ceux qui ne faisaient pas partie de la famille. Et j'avoue que, certains jours, il me fallait du courage pour réussir à vaincre mon dégoût et passer une main compatissante sur sa tête. Dans ces moments-là, il me regardait avec des yeux éloquents de souffrance, des yeux qui semblaient dire : *Je n'en peux plus, je n'en peux plus.* Et un jour, ce fut comme si j'entendis ces mots, clairs et nets, sortir de sa gueule.

Durant toute la journée, je me creusai les méninges afin de trouver une solution pour soulager la douleur de mon chien. Pendant ce temps, il demeurait dans son coin, bougeant à peine et ignorant la nourriture qu'on lui présentait. Mes parents, eux, n'attendaient que le moment où Pompon pousserait son dernier soupir. Ayant d'autres chats à fouetter que de s'occuper d'un animal mourant, ils étaient vite passés à autre chose. Cela me fendait le cœur de voir Pompon dans ce piteux état et je décidai d'agir. Mais que faire?

La question tourna dans ma tête un bon bout de temps, jusqu'à ce que, désemparé, je demandai conseil à mon ami Jonas. Il résolvait souvent nos problèmes. Contrairement à moi, c'était un gars fort débrouillard qui se sortait du pétrin avec facilité.

Je fis ma requête le lendemain matin, après une nuit blanche passée à me tourmenter. Jonas m'écouta patiemment. Il semblait compatir à ma peine, d'autant plus que lui aussi aimait bien le Pompon des beaux jours et, parfois, quand mon chien était encore un chien, nous étions trois à nous promener. Là, mon compagnon à quatre pattes n'était plus qu'un tas d'os sous une peau fatiguée, un moribond attendant le trépas.

Dans la soirée, Jonas vint me trouver pour me présenter sa recommandation. Plus il me parlait, plus j'étais horrifié par ce que j'entendais. Et, pour une des rares occasions, nous ne fûmes pas du même avis. Pire, après l'avoir écouté, je n'avais qu'une envie: me jeter sur lui et le rouer de coups. Bien sûr, je me retins, par amitié et parce que je n'étais pas de taille à me mesurer à Jonas. C'était la première fois que j'entendais ce mot bizarre, dont je lui demandai d'ailleurs de me donner la signification. *Euthanasie.*

Je n'arrivais pas à croire qu'on puisse avoir de telles pensées, même pour un chien, car tuer, c'est tuer. Devant mon air renfrogné, mon copain, d'un ton calme et conciliant, m'expliqua qu'on procédait ainsi dans les pays étrangers où on tenait les animaux en haute estime et où la plupart étaient mieux traités que certaines personnes chez nous. Pour lui, c'était le meilleur moyen de délivrer Pompon de sa souffrance et le vétérinaire pouvait nous aider.

Une fois mon emportement passé, bien que peu convaincu, je trouvai les arguments de Jonas d'un certain attrait, d'autant plus que cette opération non douloureuse serait menée par des mains expertes.

Le jour suivant, j'en fis part à ma mère. Je n'avais pas fini de parler que, sans ouvrir la bouche, elle m'arrêta en effectuant ce geste qui lui était propre et qui en disait long sur son désaccord. La main droite levée et tournée en ma direction avec les cinq doigts bien détachés, ma mère m'indiqua que je n'avais nul besoin de continuer ma plaidoirie. Elle était contre.

— On ne tue pas un être vivant. Seul Dieu décide du moment de notre mort.

Dépité, je retournai voir mon ami pour lui annoncer le verdict de ma mère. Jonas mit quelques minutes à réagir. Le front plissé et les yeux mi-clos, il réfléchissait afin de trouver une autre solution, que j'avais hâte de connaître. Le silence qui précéda ses mots fut pour moi une torture, tellement j'étais anxieux d'entendre ce qu'il recommanderait. Enfin, il me regarda droit dans les yeux et, déposant une main sur mon épaule, il me dit de son ton le plus sérieux :

— Il y a une autre option, mais il va falloir agir nous-mêmes.

Il avait parlé à mots couverts. Tout de même, je compris le sens de sa phrase. Devant mon air horrifié, il tenta de me rassurer.

— T'en fais pas, me dit-il. Je m'en charge.

Mon air n'avait pas changé. Au contraire, s'y ajoutait une mine interrogative. Alors, d'une voix qu'il voulait réconfortante, Jonas me précisa ses idées.

— Nous allons l'euthanasier nous-mêmes. Et nous procéderons sans lui faire mal.

— Quoi ! Mais tu es fou !

— Je m'en charge, je te dis.

— Et comment vas-tu faire ça ?

— Fais-moi confiance. J'ai déjà vu comment on procède dans un film.

— Jonas, nous ne sommes pas au cinéma ! Il s'agit de la vie de mon chien. Et ce chien, il a beau être malade, je l'aime encore.

— Justement. C'est pour cela que nous allons agir : pour qu'il ne souffre plus.

— Comment ?

Il m'expliqua son plan. Devant ma perplexité, il me fit comprendre que c'était la seule solution. Étant donné que Pompon mangeait peu, les chances de réussir avec du poison étaient minces, sans compter qu'il fallait trouver ce poison, connaître la bonne dose et être convaincu de son efficacité, sinon les risques de douleur atroce après une lente agonie étaient assez élevés.

Très tôt le lendemain, Jonas se présenta discrètement chez moi avec une brouette empruntée. Pompon étant incapable de marcher, nous l'installâmes sur le petit tombereau avant de prendre la direction du port. Ah ! Les yeux que Pompon me fit alors qu'il était couché dans la brouette que poussait mon ami dans les rues endormies de la ville ! Des yeux interrogateurs, méfiants, tristes à mourir et dans lesquels pointait un zeste de résignation. Des yeux qui me vrillaient l'estomac, me broyaient le cœur.

À pareille heure, l'endroit était presque désert, ce qui nous facilitait la tâche en réduisant le nombre de témoins éventuels. Jonas proposa d'aller du côté le plus reculé, mais aussi le plus profond. Là, en pleurant, je caressai la tête de Pompon pour la dernière fois. Il ferma les yeux et émit une plainte que je ne sus interpréter. Était-ce un remerciement, un adieu ou un reproche ?

Pendant ce temps, Jonas nous regardait attentivement, avec une pointe d'impatience. La tâche la plus dure lui revenant, il avait hâte d'en finir pendant que le lieu, dénué d'activité, s'y prêtait encore. Je ne voulais pas voir comment il s'y prenait ; ses explications m'avaient suffi. Je tournai donc le dos à Pompon et, l'instant d'après, j'entendis le bruit du gourdin sur sa tête, puis la chute de son corps dans l'eau. Ensuite, je ne regardai plus derrière ; j'étais déjà en route pour la maison, sans Pompon. Je ne me retournai même pas quand les grincements des roues de la brouette parvinrent à mes oreilles.

Puis, côte à côte, nous marchâmes en silence, comme après un enterrement – ou plutôt après un meurtre. Ce que nous venions d'accomplir avait annihilé tout besoin de communication.

Je passai le reste de la journée dans un état léthargique, le cœur et l'âme imprégnés d'une mélancolie jusque-là inconnue. À ma mère qui s'inquiétait de l'absence de Pompon, je répondis que je l'avais emmené chez le vétérinaire pour l'euthanasier, car je n'en pouvais plus de le voir souffrir. Sa colère éclata telle une bombe, dont les fragments jaillirent sur ma personne déjà affligée. N'eût été ma gueule avachie, je crois qu'une baffe bien placée m'aurait fait valdinguer de la chaise sur laquelle j'étais assis. Par chance, elle se contenta de me rappeler le cinquième commandement de Dieu, en précisant que c'était un péché d'agir ainsi ; que Pompon souffrait, certes, mais que son heure n'était pas encore venue. Bref, j'eus droit à un sermon en règle.

Quand elle me demanda qui avait payé les frais du vétérinaire, je mentis en lui affirmant que, sur mon insistance, le monsieur avait accepté de l'exécuter gratuitement. Je voulais me libérer la conscience et avouer mon crime, mais, par peur et par lâcheté, j'y renonçai.

Parmi les membres de la famille, certains approuvèrent mon geste, d'autres soutinrent ma mère sans se prononcer, mais je sentis couler sur moi leurs regards réprobateurs. Mon ami Jonas, sur qui je me serais volontiers appuyé pour cuver mon chagrin, avait disparu. Ainsi, jusqu'à la tombée du jour, je restai seul dans mon coin, à penser à Pompon, avec dans le cœur une mélancolie indescriptible.

Ma nuit fut l'une des pires que j'aie connues, peuplée de cauchemars et de remords. Je me disais qu'après sa chute, j'aurais dû attendre la mort de Pompon pour prendre son cadavre et l'enterrer dans la cour. Chose désormais difficile, étant donné les vagues qui avaient sans doute poussé le corps loin de la berge. Ensuite, je vis les poissons qui se faisaient un festin de sa chair et cela me souleva le cœur.

Au petit jour, après une vaine lutte pour trouver le sommeil, je quittai mon lit, en proie à une immense tristesse et bourrelé de regrets. Pour ne pas déranger le silence de la maison, je m'habillai rapidement et j'ouvris doucement la porte pour me glisser dehors. À cette heure-là, les rues étaient désertes, la ville se réveillant à peine. Une promenade pouvait calmer mes nerfs, apaiser ma peine.

J'hésitai un bref instant entre prendre la direction du port ou me diriger vers la montagne. Finalement, j'optai pour le port, le même itinéraire que la veille. Une sorte de chemin de croix, comme pour expier ma faute, demander pardon à Pompon, méditer sur ma culpabilité. Car c'était aussi cela : j'étais coupable d'un crime. Même si un autre avait agi, il avait, au préalable, obtenu ma permission et j'étais complice de la mise à mort de mon chien. J'oubliai toute sa souffrance passée et toutes les raisons qui m'avaient poussé à opter pour le geste libérateur. D'ailleurs, j'en voulais à Jonas de m'avoir mis cette idée dans la tête.

J'optai donc pour le port, comme on décide de se rendre au cimetière afin d'honorer un disparu. À peine quelques pas et j'entendis le bruit. Une plainte ? Un cri ? Un sanglot ? Je ne le saurai jamais. Je tournai la tête et je le vis qui me fixait de ses yeux tristes. Pompon en chair et en os – disons plus en os –, se tenant difficilement debout, la langue pendante, l'arrière-train sanguinolent. Il me lança ce regard que je n'ai jamais oublié. Et, pour la première fois, je fus incapable de dire avec précision ce que j'y lus. Des reproches ? De la déception ? Un peu de pardon ?

Ce fut ce dernier point que je retins : le pardon de Pompon. Ce pardon qui me donna la force de m'approcher de lui, le cœur serré et les larmes aux yeux, pour le prendre dans mes bras. Mon chien n'avait pas seulement survécu ; il était retourné au pied de son maître-assassin. Où avait-il puisé l'énergie nécessaire pour traîner sa carcasse et revenir chez lui ? Un mystère que je n'ai pas cherché à éclaircir. Quand il colla son museau dans mon cou, malgré sa puanteur, ce geste fut la plus belle des caresses. Sans me soucier de l'explication à fournir à la famille, je serrai Pompon contre moi et, avec joie, je rentrai à la maison.

8

JÉSUS

Tout est prêt. Elle arrive aujourd'hui. Elle, c'est Philomène, ma femme. Après des démarches interminables, nous serons de nouveau réunis et, cette fois, jusqu'à ce que la mort nous sépare, comme nous l'avions juré le jour de notre mariage.

L'appartement n'a jamais été aussi propre et ordonné. J'ose à peine toucher ou déplacer un objet. De peur de froisser les draps neufs, j'ai passé la nuit sur le divan du salon. Je suis nerveux comme une puce. Je veux qu'elle soit fière de moi, qu'elle voie en un coup d'œil tout le chemin parcouru depuis que nous nous sommes laissés, qu'elle se rende compte que je n'ai pas perdu de temps.

En prévision de son arrivée, j'ai pris deux jours de congé. Tous mes collègues en étaient étonnés. Le patron aussi. C'est la première fois que je m'absente. Du jamais vu en trois ans. Je suis reconnu pour être le plus régulier des employés, le plus ponctuel et le plus méticuleux. Bref, le plus fiable. Je ne suis pas dans ce pays pour m'amuser. Bosser, c'est la priorité numéro un. Bosser pour gagner ma croûte, bosser pour subvenir aux besoins de ceux restés là-bas et, surtout, bosser pour faire venir ma femme et mener la vie dont nous avons toujours rêvé.

Dans une heure, je vais me rendre à l'aéroport. Pour l'occasion, j'ai emprunté la voiture de Marcel, mon cousin.

Je me suis mis sur mon trente-et-un. Costume neuf, visite chez le coiffeur, bien parfumé, impeccable.

Ma tenue, c'est ma façon de me distinguer, de montrer mon originalité et de ne pas passer inaperçu. Sans mon habillement, je ne suis pas du genre qu'on remarque. On me croise et on m'oublie. Physique quelconque. Visage banal qu'il faut regarder longtemps pour y trouver de la beauté. Alors, j'ai appris à cultiver mes points forts. Certains ont une gueule d'ange, d'autres un corps d'athlète. Moi, je suis né avec deux choses: le chic et mon nom. Tout jeune, je sortais déjà du lot par mon élégance. C'est ma marque de commerce. Toujours tiré à quatre épingles. Si la nature ne t'a pas favorisé, il faut trouver des moyens de compenser. C'est mon leitmotiv, et je me le répète sans cesse.

Au village, personne ne me battait à ce jeu. Il fallait me voir les dimanches, quand tout le monde portait de beaux habits. Même les notables et ceux qui venaient de la ville faisaient piètre figure en ma présence. En partie, c'est ce qui m'avait permis de gagner le cœur de Philomène, alors qu'une pléthore de prétendants lui tournaient autour.

À mon arrivée ici, ma seule déception avait été de constater que les gens se fringuent n'importe comment. Moi, que je me rende au boulot ou au supermarché, c'est du pareil au même: je ne lésine pas sur ma parure. Quand je sors de chez moi, ceux qui me voient s'imaginent que je suis un de ces gros bonnets bardés de diplômes qui travaillent dans les grandes entreprises. Jamais ils ne pensent que je suis plongeur dans un restaurant et qu'une fois dans la cuisine, je dois enlever mes vêtements pour enfiler un uniforme adapté à mes fonctions.

Eh oui, je lave les assiettes. Les chaudrons aussi. Et je vais vous dire : j'aime ce que je fais et je le fais bien, avec cœur. Aucune saleté ne me résiste. Les casseroles, je les astique si bien qu'après, elles deviennent toutes reluisantes, comme le jour où on les a achetées. Moi, les gens qui se plaignent sans cesse de leur boulot, je ne peux pas les blairer, pour la simple et bonne raison qu'ils crachent dans la main qui les nourrit. Et ça, c'est mauvais. Tant de gens voudraient être à leur place et gagner leur pain quotidien. Parlez-en à ceux que j'ai laissés là-bas et qui font des pieds et des mains pour se trouver un boulot. La vie étant ce qu'elle est, il faut faire avec ce qu'on a et s'arranger pour que ce soit bien.

C'est pour cela que je vous parlais de mon nom. Quand je me présente, on le retient, on le répète, on me regarde des pieds à la tête, les sourcils en signe d'interrogation, avec un petit air perplexe, de ceux qu'on lance aux toqués. Devant mon impassibilité, on finit par comprendre que je suis sain d'esprit et que mon nom, c'est bien comme je l'ai dit. Inutile de mentionner que, là-dessus, je n'ai aucun mérite. Le crédit revient à mes parents qui, devinant sans doute que leur fils aurait une vie quelconque, ont voulu ajouter à son patronyme déjà singulier une dénomination distinctive.

J'avoue qu'enfant, j'en ai bavé. Les quolibets pleuvaient, jusqu'au jour où je mis en sang un petit con qui se moquait de moi – ou plutôt de mon nom. Le tout faillit se régler devant les tribunaux, mais mon paternel, après mille excuses, proposa à la mère du garnement de payer pour les soins qui lui étaient requis, en plus d'un dédommagement et avec promesse qu'un tel incident ne se reproduirait plus. Après cette bagarre, plus personne n'osa se moquer de moi, de peur de finir à l'hôpital. Les railleries se faisaient dans mon dos, en cachette et avec mille précautions. Bien sûr, il y eut d'autres échauffourées et, chaque fois, je me défendis avec une fureur peu commune, et cela, même quand mes opposants étaient plus âgés ou plus forts. En fin de compte, les moqueurs et les railleurs évitèrent de se frotter à moi. J'avais acquis une réputation de dur à cuire.

Aujourd'hui, je porte fièrement mon nom. Comme mon élégance, il me fait sortir du lot. N'empêche que j'ai quitté le village parce que ce galapiat que j'avais rossé était devenu député et avait juré de me faire la peau. Alors, je me suis enfui, comme tant d'autres. Si ça continue, je vous assure qu'il ne restera plus personne là-bas, sauf les grands mangeurs[5] qui contrôlent le pays.

Un dernier coup d'œil avant de partir. Tout est impeccable. L'appartement reluit, brille et sent bon. Dans l'escalier, je croise Julie, ma voisine d'en face, belle comme un ange et gentille à souhait. Elle me regarde longuement, comme d'habitude, en me gratifiant de son charmant sourire.

— Monsieur Jésus, vous êtes beau comme un dieu!

Ouais, je m'appelle Jésus Dieudonné.

Depuis une heure, je tourne en rond dans cette aérogare. Je consulte ma montre toutes les cinq minutes. L'avion n'est pas en retard. Il atterrira à l'heure prévue. Mais j'espère un miracle. Peut-être que ce pilote conduit plus rapidement que les autres. Peut-être que les vents

5 - Surnom donné aux politiciens véreux en Haïti.

soufflent dans la bonne direction. Peut-être que le temps passe plus vite. Qu'en sais-je ?

Ça fait trois ans que j'anticipe ce moment, que je ne vis que pour ça. Et voilà qu'une attente d'une heure provoque chez moi une agitation maladive. Je fais les cent pas. Jamais je n'ai été aussi nerveux de ma vie. Ou plutôt si. Quand je m'étais présenté au poste frontalier pour demander l'asile politique au Canada. Un mardi de novembre, dans un froid sibérien, avec pour tout bagage cette valise à moitié vide. Ce jour-là, j'ai failli chier dans mon froc. Pourtant, l'agent qui m'a reçu fut d'une gentillesse inouïe. Un grand bonhomme au visage glabre qui me parlait comme à un ami, d'une voix calme, dénuée de toute agressivité. Et moi qui m'attendais à être traité en paria. Il n'a même pas bronché lorsque je lui ai dit mon nom. Il ne m'a même pas demandé de le répéter. Remarque que, là-dessus, j'étais un tantinet déçu. Parce que, voyez-vous, je suis habitué à provoquer une réaction quand je me nomme, une réaction qui me donne une impression de singularité. Mais lui, il n'a pas réagi. Sur le coup, j'ai pensé qu'il n'avait pas compris. Alors, j'ai regardé le papier sur lequel il écrivait et j'ai vu qu'il avait bien noté. Mon nom était transcrit sans faute et dans une calligraphie d'artiste. L'entrevue s'est déroulée dans une atmosphère de respect et de civilité que je n'espérais pas. Dès lors, j'ai su que j'avais trouvé mon nouveau chez-moi, mon pays d'adoption.

Bon, là, je m'égare. Où en étais-je ? Ouais, à l'aérogare. L'attente infernale. Mon cœur transformé en tambour. Une nervosité qui me rend malade. Une impatience à commencer ma première nuit en sol canadien avec ma femme, dans le grand lit qui m'a coûté si cher. Tous les scénarios que j'invente se terminent dans ce grand lit. C'est que c'est long, trois ans. Oui, il m'est arrivé de tirer un coup de temps en temps, mais rien de sérieux, sans passion ni attachement. Un strict besoin physiologique, histoire de vérifier si la machine fonctionne.

Aujourd'hui, c'est le jour béni, le jour de la réunification. Je repense encore au début de notre relation. J'avais eu tellement de mal à séduire Philomène, elle avait tellement résisté à mes assauts que je croyais ne jamais pouvoir atteindre son cœur. Avec ses courbes généreuses, son visage harmonieux, ses lèvres charnues, ses yeux caressants et ses paupières qui font penser aux battements d'ailes d'un papillon, pour moi, elle était la plus belle femme du village. Elle ne s'affublait pas d'artifices pour se rendre jolie. Ah non ! Aucun ajout. Tout au naturel. Les hommes bavaient quand ils la voyaient passer. Et alors que je commençais à perdre espoir, Philomène m'avait ouvert son cœur et j'y étais entré comme on entre au paradis. Tout le village en avait été étonné, et des jaloux, il y en a eu des dizaines.

Je n'en peux plus d'attendre. Les minutes sont des heures. Je suis impatient. Le bruit de mon cœur résonne dans ma poitrine. J'ai tellement envie de la revoir, de la serrer dans mes bras, de la savoir en sécurité !

Ces derniers temps, elle m'a causé du souci. Je crois que notre séparation commençait à lui manger le cerveau parce qu'elle me sortait des paroles qui me laissaient songeur. Je me disais que la situation là-bas lui faisait perdre la boule ; d'ailleurs, c'est ce qu'elle m'avait dit une fois : « Ah, Jésus, je suis en train de devenir folle. La vie est si dure et on peut si facilement tomber dans ses précipices. » Je n'avais rien compris et elle n'a pas voulu m'expliquer. La misère, les enlèvements, la peur d'être fauchée par une balle perdue et tout le reste, ça peut vous rendre gaga, vous siphonner les neurones. C'est ce qui était en train d'arriver à ma Philomène. Elle disjonctait. Qui peut vivre tout cela et demeurer indemne ? Hein ? Je vous le demande. Eh bien, je crois que ma femme était au bout du rouleau.

Souvent, elle me servait des phrases sans queue ni tête. Du genre de celles qu'on retrouve dans la Bible et que les gens interprètent à leur façon, surtout pour cautionner leurs actions. Elle était même allée jusqu'à me recommander de réciter le Notre Père tous les jours que le bon Dieu fait. Et savez-vous quoi ? Je l'ai fait. En me levant tous les jours, je me mettais à genoux et je déclamais le Notre Père, que, par chance, je n'avais pas oublié. Je suspectais Philomène de faire partie d'un de ces groupes de prières qui pullulent là-bas. Je la soupçonnais de s'être fait laver le cerveau par un de ces pasteurs qui vivent comme des pachas grâce à la dîme de leurs ouailles, ces fidèles qui se cherchent une porte de sortie dans cette vie de misère et qui sont prêts à croire en Dieu et au Diable en même temps. Tout cela pour vous dire que, souvent, ma femme tenait un langage allégorique que je n'arrivais pas toujours à déchiffrer.

Un jour, elle m'a demandé si je croyais au pardon. Pour éviter toute récrimination, j'ai répondu que oui. Alors, elle a ajouté qu'il ne faut pas seulement que j'y croie, mais que je le pratique, que j'y réfléchisse et que je fasse comme mon homonyme qui, même sur la croix, pardonnait à ses bourreaux. Une autre fois, elle m'a fait jurer de l'aimer quoi qu'il arrive. Et je n'ai pas hésité puisque je l'aime comme un fou. J'ai enduré tout cela par amour pour ma femme et j'ai accepté toutes ses paroles loufoques. Je me disais qu'une fois qu'elle aurait déposé sa valise dans l'appartement, eh bien, je lui remettrais le cerveau à l'endroit, et que ce ne serait pas difficile vu qu'ici, la vie étant ce qu'elle est, il faut marcher au pas, retrousser ses manches et travailler. Je me disais que je la tiendrais loin des églises bizarroïdes et des pasteurs fripons. Que je veillerais au grain et protégerais celle que j'aime.

Sa phrase fétiche, ces dernières semaines: *Faut pardonner à ceux qui nous ont offensés.* Je ne m'en faisais pas trop quand elle la plaçait dans nos conversations. Elle me disait aussi que les choses, bonnes ou mauvaises, arrivent parfois contre notre volonté, mais par la volonté de Dieu. Que c'est Lui qui est aux commandes. Et qu'il y avait tellement de gens méchants dans son entourage que c'était une chance si elle était encore en vie. Je la consolais du mieux que je le pouvais, mais je m'inquiétais quand même. J'avais peur pour ma Philomène parce qu'elle ne m'apprenait rien en me parlant des malveillants autour d'elle. Mon départ en était d'ailleurs la preuve, sinon je serais resté au soleil avec les miens. Mais bon. *Ce qui est fait est fait.* Cette dernière phrase, quand je la sortais, Philomène disait *amen,* comme si j'exprimais la plus grande vérité au monde.

L'avion atterrit enfin. Et ma femme apparaît. D'abord, je ne vois que sa tête, car les autres passagers cachent le reste de son corps. Puis, je la vois en entier qui s'approche de moi. Transformée, la mine basse, elle n'ose pas me regarder. Et mon sang se glace.

Mon cœur, si énergique les minutes d'avant, cesse de battre pendant plusieurs secondes. J'ai chaud et froid en même temps. Je tremble alors que de la sueur inonde mon visage.

Philomène avance vers moi, le ventre comme un ballon.

Ma femme que je n'ai pas vue depuis trois ans attend un enfant.

9

LE CLODO

Le parc se situait à mi-chemin de son lieu de pèlerinage quotidien et il aimait s'y arrêter quelques instants. D'abord, pour jouir de sa beauté et de sa tranquillité. Ensuite, et surtout, pour s'enthousiasmer de la présence des enfants qui le peuplaient. Aussi, il se sentait en sécurité dans ce lieu paisible, entouré d'arbres matures qui projetaient une ombre protectrice sur tout ce qui se trouvait à leurs pieds. Les installations, construites selon la taille des marmots, plaisaient à ces derniers. Du coup, les adolescents, incapables d'en profiter, s'en éloignaient. Ah, ces mêmes jeunes qui, parfois, lui compliquaient l'existence en prenant plaisir à le tarabuster, certains allant jusqu'à vouloir le frapper.

Faut dire qu'à première vue, son aspect rebutait. Même s'il faisait de son mieux pour rester propre, sa tenue n'était pas des plus distinguées : chandail troué, souliers trop grands, barbe hirsute, pantalon ample retenu par une ficelle au lieu d'un ceinturon et, enfin, cette éternelle tuque qu'il gardait vissée sur la tête, sans distinction de saison, comme s'il voulait en permanence garder au chaud cette partie de son corps, là où logeaient ses précieux souvenirs.

Il était donc conscient de l'image qu'il projetait et ne s'offusquait pas quand les regards parfois méprisants se jetaient sur lui. Pour éviter tout incident, il fuyait les autres, les gens dits ordinaires. Toutefois, les plus méchants trouvaient quand même une occasion pour l'emmerder. Heureusement, malgré son aspect, il possédait assez de force pour se défendre et ne pas se laisser malmener.

D'habitude, il s'installait à une distance raisonnable de l'aire de jeu, bien à l'écart. Là, il se délectait du spectacle de ces petits êtres, surtout les fillettes, en train d'exprimer leur joie. Leurs rires étaient une douce musique à ses oreilles, en même temps qu'ils pétrissaient son cœur et accentuaient son chagrin. Chacun de leurs gestes, chacun de leurs cris ravivaient sa mémoire et, souvent, lui faisaient monter les larmes aux yeux. Alors, il restait des heures à les contempler, avec cette envie folle de les prendre dans ses bras, de les cajoler, de les aimer.

Or, il demeurait dans son coin, presque en état de béatitude, et cela, jusqu'à ce qu'il ait mal à la mémoire à force de trop penser. À ce moment, il quittait péniblement son poste d'observation pour aller à son rendez-vous. Parfois, il ne s'attardait que quelques minutes, quand un regard soupçonneux lui envoyait des éclairs et qu'il sentait la suspicion l'envelopper. Alors, il se levait et partait, embarrassé comme un enfant qu'on aurait pris en faute.

Éloïse n'était pas très loin ; un kilomètre tout au plus. C'est d'ailleurs pour cette raison qu'il avait décidé de s'établir dans le coin. Enfin, *s'établir* n'était peut-être pas le bon mot. En tout cas, il vivait dans les parages, changeant souvent d'endroit, au rythme des saisons, au gré des circonstances, mais restant toujours à proximité.

C'était un matin radieux. Le temps maussade qui sévissait depuis plusieurs jours avait daigné se montrer plus clément. On pouvait mettre le nez dehors sans se couvrir d'un manteau. Les gens se promenaient habillés légèrement. Contents d'offrir leur corps aux rayons du soleil, ils étaient heureux de se laisser caresser par le vent.

De son coin, il observait, guettant le moindre signe susceptible de ressusciter ses souvenirs, de faire bondir son cœur. Au loin, deux bambins s'amusaient à glisser sous l'œil vigilant de leur mère. À quelques mètres d'eux, un père aidait son fils à se tenir sur le cheval de bois.

Soudain, elle apparut, marchant à côté d'une femme qui devait sans doute être sa mère. Tranquillement, elle se dirigea vers les balançoires, comme si elle était venue exprès pour ces installations. Avec des gestes précis, elle prit place sur celle qui était mieux adaptée à sa taille et, en criant de joie, commença des allers-retours sous les poussées de la dame qui l'accompagnait. Sidéré, il la regardait, luttant contre le désir de se lever pour aller se substituer à la mère. Pendant ce temps, les battements de son cœur résonnèrent jusque dans ses oreilles, tandis qu'il sentait son corps s'évaporer.

Comme frappé de catalepsie, il resta immobile, les yeux rivés sur la fillette. Quand celle-ci abandonna la balançoire pour se diriger vers le bac à sable, il quitta le banc où il prenait place pour, contrairement à ses habitudes, se rapprocher. Assis dans l'herbe, il était subjugué par cette frêle silhouette qui, maintenant, s'amusait à faire couler le sable entre ses doigts. Il la regardait. Pourtant, il ne la voyait pas.

Devant ses yeux se superposaient des images du passé, des temps heureux ; des images qu'il gardait en mémoire et qu'il revisitait régulièrement. La tentation de se lever pour aller prendre la fillette dans ses bras, caresser ses cheveux et la couvrir de baisers était à la limite du supportable. Quelle ressemblance ! La même gestuelle, le même sourire, la même petite voix mélodieuse. La similitude allait jusqu'à cette robe bleue qu'il semblait avoir reconnue.

Maintenant assise dans le sable, insouciante de ce qui se passait autour d'elle, la fillette était absorbée par un jeu dont elle seule connaissait les règles. L'homme serait resté la journée entière à la contempler, n'eût été la mère, alerte, qui avait remarqué sa présence et, surtout, le danger qu'il pouvait représenter. Promptement, elle s'approcha de la petite, tout en jetant au personnage des coups d'œil chargés de méfiance. Ce dernier se ressaisit, constatant que, pour une fois, en s'avançant trop près, il avait dépassé les limites qu'il s'était toujours fixées. Sa présence dans ce lieu destiné aux enfants et à leurs parents s'avérait une incongruité. Il voulut s'en aller, mais une force plus grande que lui l'en empêchait, le retenait, comme un aimant immobilise le métal placé à proximité.

Alors, il projeta son regard ailleurs, cherchant à faire profil bas. Or, après quelques secondes, incapable de se contrôler, il fixa de nouveau les yeux sur la fillette. Dans la tête de la mère, il n'y avait désormais plus de doute : cet homme à l'aspect louche ne pouvait être qu'un criminel et un pervers. Il représentait un danger pour les enfants. Elle décida donc de quitter le parc.

Prestement, elle saisit le bras de sa fille qui, elle, refusait d'abandonner la construction du château de sable qu'elle venait juste d'entamer. Alors, celle-ci résista et, dans une ultime tentative, réussit à se libérer de la poigne de sa mère pour courir vers les balançoires. Avant même d'y arriver, elle trébucha et tomba. Une chute bénigne, amortie par l'herbe épaisse à cet endroit.

Instinctivement et comme mû par un ressort, l'homme se leva pour lui prêter secours. Il n'avait pas fait trois pas que la voix de la mère retentit, une voix remplie de peur et de colère, un ordre sans appel, péremptoire :

— Non, touchez pas à ma fille !

Il interrompit son élan et, comme si un projectile l'avait atteint en plein cœur, il s'écroula sur le sol, lentement, les yeux rivés sur le duo qui s'éloignait. Avant de quitter le parc, la petite se retourna pour lui jeter un regard, dans lequel il crut déceler un semblant de sourire, un signe d'adieu – ou peut-être d'excuse.

La mère et la fille parties, l'homme resta longtemps dans la même position, les yeux toujours tournés dans la direction où les deux silhouettes avaient disparu. Comme s'il espérait un retour miraculeux, une apparition qui calmerait sa douleur. Il les aurait volontiers suivies pour connaître leur adresse et, plus tard, pour essayer de la revoir, peut-être même de lui parler. Cependant, il savait que ce geste lui aurait attiré des ennuis, de graves ennuis. Alors, il resta sur le sol. Le cœur gros, il s'efforça de retenir ses sanglots.

Puis, lentement, il se remit debout. Encore ébranlé par ce qu'il venait de vivre, il marcha d'un pas chancelant jusqu'à son rendez-vous. Arrivé sur les lieux, il s'occupa d'abord d'arranger les fleurs qu'il avait déposées la veille. Puis, il sortit un vieux mouchoir de sa poche et essuya la stèle avant de s'asseoir juste à côté.

À ce moment, si un passant s'était donné la peine de l'observer, il aurait remarqué un homme en train de soliloquer. Pourtant, lui voyait bien celle à qui il s'adressait.

D'une voix douce, il lui parlait, comme il le faisait tous les jours, comme autrefois. Et la conversation dura plusieurs minutes. Ensuite, avant de partir, il déposa un baiser sur la dalle après l'avoir longuement caressée à l'endroit où il était écrit :

Ci-gît

Éloïse

mai 2010-juillet 2015

10

L'ÉNIGME

Jean avait décidé que le sommeil ne ferait pas partie de son programme. C'était sa dernière nuit au pays et, avant son départ prévu pour le lendemain, il voulait profiter de chaque heure, chaque minute.

Il venait de passer les plus belles vacances de sa vie. Un mois rempli d'émotions et aussi, il faut le dire, de déceptions. Cependant, ces dernières, il les avait reléguées au second plan, donnant toute la place aux côtés positifs de son séjour.

Bien sûr, il avait été navré de voir l'état de décrépitude de son pays, la saleté omniprésente et la misère qui s'étendait sur presque toute la population. Les belles images qui jusque-là peuplaient ses souvenirs avaient cédé la place à un tableau pitoyable, triste à pleurer. Pourtant, malgré cette constatation, le fait de se retrouver dans son patelin natal après tant d'années l'inondait d'un sentiment de bien-être indescriptible, comme quand on remet ses vieilles pantoufles après une journée de travail et que, du coup, tout le corps se met à relaxer. On se sent toujours plus confortable dans son humble logis que dans le château d'un autre, et Jean, en dépit de sa longue absence, se sentait chez lui, à sa place, avec les siens.

Chaque rue lui rappelait un souvenir, une anecdote, une histoire qui refaisait surface après un temps d'hibernation. Il se plaisait à ressentir cet air chaud et humide qui lui caressait le visage, comme pour lui souhaiter la bienvenue. Il s'enivrait de cette odeur particulière qui émanait de la terre, odeur de son enfance, longtemps enfouie dans un coin de sa mémoire et qui maintenant envahissait non seulement ses narines, mais chaque pore de sa peau. Haïti chérie, tant aimée et pourtant abandonnée. Haïti chérie, toujours prête à accueillir ses enfants, sans reproche.

Au début, il avait eu quelques difficultés à supporter le regard des gens qui s'attardait sur son passage, car il avait beau faire comme tout le monde, on lui trouvait une différence, un comportement de diaspora. Quinze ans chez les Blancs, ça laisse des traces. Toutefois, dès la deuxième semaine, il avait réussi à se fondre dans le décor. Que d'émotions en revoyant certains lieux ! Le terrain qui autrefois accueillait ses parties de football, si vaste dans sa mémoire, mais si exigu à ses yeux d'adulte. Son école primaire, qui avait gardé le même décor. Le lycée où, une fois l'enceinte franchie, il s'était souvenu de Frantz Cédor, un proche camarade qu'il n'avait jamais oublié et dont la disparition subite l'avait beaucoup peiné. Des années plus tard, il lui arrivait encore de penser à cet ami en se demandant ce qui lui était vraiment arrivé. Revoir tous ces endroits avait été pour lui un genre de pèlerinage qu'il effectuait avec un réel plaisir.

Maintenant, le voyage touchait à sa fin. Plus que quelques heures et il serait à l'aéroport de Port-au-Prince, dans un avion en partance pour Montréal. Donc, cette nuit, pas question de dormir.

Dans le ciel, la lune, splendide, faisait tranquillement sa ronde, donnant à la ville une atmosphère féerique, au point même d'embellir les tas d'immondices jetées çà et là. Alors, une dernière virée, un dernier verre avec des copains retrouvés et des blagues à la tonne. Pour quelques heures encore, ne pas penser à Montréal et au froid qui y sévit. Ne pas penser à cet univers qu'il rejoindrait, une fois qu'il aurait traversé l'océan.

Jamais l'aube ne fut aussi précoce. Les heures que pourtant il voulait étirer s'étaient rétrécies à vue d'œil et, très vite, les premiers rayons du soleil, après avoir chassé la lune, griffaient le ciel avant d'en prendre complète possession.

Son cousin Yves, qui lui avait servi de chauffeur durant son séjour, s'était proposé pour le conduire à l'aéroport. Ainsi, après seulement deux heures de sommeil, que son corps fatigué avait réclamées malgré lui, ils quittèrent Cap-Haïtien en direction de Port-au-Prince.

Les premiers kilomètres furent franchis dans un silence presque total. Les deux hommes nageaient dans une douce torpeur, résultat du manque de repos et de la consommation d'une grande quantité d'alcool. Yves faisait de son mieux pour manœuvrer le véhicule, tandis que Jean, perdu dans ses pensées, regardait défiler le paysage, encore stupéfait de voir tant de changements : des maisonnettes pullulant dans les mornes aux alentours ; un nombre incalculable de voitures, de camions et de motos sur la route ; et toujours ces gens qui allaient et venaient comme des fourmis dans une fourmilière. Impossible de dépasser quarante kilomètres à l'heure. Sur ce point, Jean était satisfait, lui si tatillon quand il n'était pas derrière le volant.

Deux heures plus tard, les deux cousins atteignirent la ville de Plaisance et décidèrent de faire une pause afin de se dégourdir les jambes et d'assouvir leur soif, car les effets de l'alcool n'étaient pas tout à fait estompés. Yves connaissait un endroit où on dégustait le meilleur mabi[6] du pays. Il en fit part à Jean qui, n'ayant pas goûté à cette boisson depuis des années, accepta d'emblée la proposition.

La voiture bifurqua vers une route secondaire et, peu de temps après, s'immobilisa tout près d'un gros flamboyant en fleurs sous lequel des marchandes vendaient leurs produits. Certaines utilisaient une table, d'autres exposaient leurs denrées sur des tissus posés à même le sol.

Parmi elles, une vieille dame, assise sur une chaise, fumait tranquillement sa pipe. Une planche soutenue par des blocs de ciment lui servait d'étal, sur lequel quelques bouteilles de mabi attendaient patiemment les clients. Sans hésiter, Yves se dirigea vers la vieille dame. Jean le suivit.

— Bonjour, *manmi*!

— Bonjour, mon *fi*! répondit la vieille dame.

— Le mabi est encore frais?

— Mon mabi est toujours frais, mon *fi*.

— Alors, donnez-moi deux bouteilles.

La vieille dame lui tendit les deux bouteilles. Yves, après en avoir remis une à Jean, souffla l'écume qui recouvrait le goulot de la sienne avant de la porter à ses lèvres. Cela fait, il regarda son cousin du coin de l'œil afin de voir s'il l'imitait. C'était le cas et Jean, en sentant descendre le

---

6 - Boisson rafraîchissante sans alcool, à base d'écorce du bois de mabi mêlée de gingembre et de sirop de canne.

liquide dans sa gorge, ferma les yeux pour montrer qu'il savourait la boisson avec délectation. « Ainsi, pensa Jean, même durant les dernières minutes de mon voyage, je peux encore connaître des moments d'extase, des moments si simples et pourtant si beaux. »

Tout en sirotant le mabi, il s'amusa à marcher parmi les produits exposés. Il y avait de tout : des fruits, des légumes, des œufs, des poules vivantes les pattes bien attachées, des sucreries, du pain, de la canne à sucre et plein d'autres aliments. Les mangues étaient mûres à point. Il fut tenté d'en acheter quelques-unes, mais se retint.

Il regarda autour de lui : rien de spécial sur cette route secondaire. C'était la campagne profonde. De petites maisons çà et là avec leur grande cour, des enfants à demi habillés qui tapaient dans un ballon fait de vieux chiffons, un chien squelettique couché un peu plus loin et, tout près de lui, ces femmes avec leurs marchandises, ces femmes qui respiraient la bonne humeur et qui parlaient sans arrêt en attendant que des voyageurs et des passants viennent se ravitailler.

Aussi, il y avait dans l'air ce quelque chose qu'il essayait en vain d'identifier et de décrire. C'était une odeur, une ambiance, une légère brise qui imprégnaient tout son être et y installaient une langueur qui lui donnait envie de s'arrêter là, tout simplement. Il n'était que dix heures et, déjà, le soleil crachait des brûlots qui alourdissaient tout mouvement, comme si le temps lui-même s'assoupissait, malgré sa marche inexorable.

Jean jeta un coup d'œil du côté de la vieille dame en train de remettre une bouteille de mabi à un acheteur dont il ne voyait que le dos. Quand ce dernier se retourna après avoir bu la première gorgée, il ouvrit grand la bouche pour exprimer son appréciation. Les deux hommes se regardèrent. Un regard bref, mais intense. Lorsque l'acheteur, d'un pas nonchalant, se dirigea vers un banc sur lequel prenaient place deux individus, Jean sentit une onde de choc le traverser.

L'homme s'assit sur le banc et, au moment où leurs regards allaient de nouveau se croiser, Jean fit deux pas de côté de façon que le tronc du flamboyant serve d'écran entre lui et le personnage, comme s'il cherchait à se protéger de lui, le temps de se ressaisir. Il était troublé. Du coup, son souffle devint plus court. Yves, lui, n'avait rien remarqué, car, pendant que tout cela se passait, il était à la recherche d'un coin tranquille afin de soulager sa vessie.

Jean réfléchissait afin de déterminer le comportement à adopter : aller parler à l'homme ou faire semblant de ne pas le reconnaître. Car il s'agissait bien de Frantz Cédor, son compagnon d'enfance qui s'était volatilisé de façon si ténébreuse. Bien que vieilli, le visage n'avait pas changé. Et quand il avait ouvert la bouche après sa première gorgée de mabi, Jean avait remarqué l'écart entre les incisives centrales qui donnait à son sourire ce charme particulier. Quant à la démarche, elle était restée la même : les épaules toujours aussi carrées, avec celle de gauche légèrement plus basse. Malgré ses habits de paysan, il dégageait une assurance de grand cultivateur. Oui, Jean se souvint que Frantz venait des environs de Plaisance.

Le retour en arrière fut instantané. Jean avait quatorze ans et entamait ses études secondaires au Lycée Philippe-Guerrier, au Cap-Haïtien. Il passait souvent son temps avec son camarade Frantz dans la cour de récréation et partageait parfois avec lui une orange coupée en deux, une tablette pistache ou autre chose. Les lundis, Frantz avait hâte que Jean lui raconte le film qu'il avait vu durant la fin de semaine, car, pour ce court laps de temps, lui retournait à Plaisance, parmi les siens. Jean trouvait bizarre cette habitude de retourner chez ses parents au lieu de rester chez sa tante, mais ne disait rien. Il se contentait d'apprécier la compagnie de ce garçon toujours souriant, d'un sourire qui s'ouvrait sur cet écart entre ses dents de devant. Frantz était un as des mathématiques. Aucun problème ne lui résistait. Certains allaient même jusqu'à prétendre qu'il était meilleur que le professeur et, pour cette raison, il était respecté de tous, de ce respect qu'apporte la connaissance.

Puis, un jour, plus de Frantz Cédor. La tante, auprès de qui on s'était renseigné, avait tout simplement répondu que Frantz ne retournerait plus au lycée. Les cours s'étaient poursuivis sans l'absent et Jean, malgré les questions posées aux autres camarades, n'avait jamais réussi à résoudre le mystère de cette disparition qui, jusqu'à la fin de l'année scolaire, avait rendu la cour de récréation moins attrayante à ses yeux. Il avait remplacé Frantz par un autre camarade, sans toutefois oublier cette énigme qui, des années après, accaparait toujours ses pensées. Parfois, pour une raison connue d'elle seule, la mémoire s'arrête sur certains faits ou certaines personnes, et les garde pour toujours en son sein. Ce fut sans doute ce qui expliqua qu'en visitant son ancien lycée, la première personne à laquelle il avait pensé avait été Frantz Cédor. Avec le temps, il avait élaboré tout un scénario pour expliquer la disparition de son copain.

Fils de paysans, Frantz était doté d'une intelligence au-dessus de la moyenne. Ses parents, sur les conseils de quelques enseignants, s'étaient résignés à envoyer leur rejeton poursuivre des études secondaires au Cap-Haïtien, où les écoles étaient mieux cotées. Ne sachant ni lire ni écrire, ils avaient espéré qu'ainsi leur garçon deviendrait quelqu'un et ferait leur fierté. Frantz avait été placé chez une tante éloignée, plus motivée par le panier de provisions qu'elle recevait chaque semaine en guise de pension que par le bien-être de son neveu. En plus d'être mal nourri, malgré les provisions, ce dernier, était obligé de dormir sur une paillasse dans l'espace servant de salon, et de ce fait, d'être le dernier couché, mais le premier à se lever. Frantz profitait donc de toutes les occasions pour retourner dans son milieu.

Un jour, son avenir avait basculé à la suite de la mort subite de son père. Sa mère ne pouvant plus assumer les coûts des études de son fils, elle l'avait fait revenir auprès d'elle pour remplacer son défunt mari dans la culture des champs.

Bien qu'avec peu de certitude, c'était ce scénario que le cerveau de Jean avait conçu afin de répondre à ses questionnements.

Or, voilà qu'enfin il avait la possibilité de connaître la vraie histoire. Pourtant, il hésitait. « Comment aborder Frantz ? se demanda-t-il. Aller lui parler ? Et pour lui dire quoi ? Est-ce toi, Frantz Cédor ? Je suis heureux de te revoir. Je n'ai jamais cessé de penser à toi. Tu me reconnais ? Jean Danotel. Nous étions dans la même classe. Tu étais féru de mathématiques. Pourquoi as-tu disparu ? Qu'as-tu fait durant toutes ces années ? Moi, je vis au Canada.

Directeur de l'ingénierie dans une grande firme. Il y a quelques jours, j'ai visité notre lycée. Je suis en route pour reprendre l'avion et retourner au Canada, où m'attendent ma femme et mes enfants. Et toi, as-tu des enfants ? On reprend contact ? Je te laisse mon numéro de cellulaire. »

« Et s'il ne me reconnaissait pas ? se demanda Jean. Et si, au contraire, après tant d'années, il m'avait oublié ou avait décidé de faire comme tel ? » Cela lui était déjà arrivé ; une fois, un vieil ami qui répudiait son passé avait joué les amnésiques en le voyant.

Jean reprit sa position initiale et, de nouveau, leurs regards se mélangèrent, cette fois avec moins d'intensité, comme s'ils s'étaient apprivoisés. Il y vit un prélude à une conversation et alla même jusqu'à croire que Frantz aussi l'avait reconnu.

Fort de cette déduction, il décida de faire les premiers pas, et ce, au moment même où l'homme quittait le banc pour aller remettre la bouteille vide à la vieille dame. Ils se rencontrèrent. Après une brève hésitation, Jean tendit une main que l'autre serra vigoureusement dans la sienne. Pour Jean, un moment d'émotion qui l'empêcha d'entendre la voix de son cousin qui revenait vers lui après avoir assouvi son petit besoin.

— Hé, Jean !

L'homme se servit alors de cette information pour entamer la conversation :

— Comment ça va, Jean ?

« S'il connaît mon nom, c'est parce qu'il m'a reconnu », se dit Jean.

— Ça va très bien, merci. Et toi ? Répondit-il.

— Très bien. Il t'a plu, le mabi ?

— Ça, oui. Le meilleur que j'aie bu depuis très longtemps.

— C'est pas au Canada qu'on trouvera ce genre de boisson, n'est-ce pas ?

Jean s'étonna du fait que l'autre savait dans quel pays il vivait. Il manifesta sa stupéfaction en fronçant les sourcils et en adoptant une attitude interrogative qui fit sourire son interlocuteur. Un sourire amusé que ce dernier expliqua en ces termes :

— Non, je ne suis pas devin. Il se trouve que ton passeport est dans la poche de ta chemise et que je peux lire à travers le tissu.

Jean sourit à son tour.

— En effet, le mabi n'existe pas là-bas. Du moins, pas à ma connaissance.

— Cela doit faire une éternité que tu as quitté Haïti, n'est-ce pas ? Ça se voit à ta façon d'observer ce qui se passe autour de toi. C'est l'attitude de ceux de la diaspora, ceux qui vivent à l'étranger et qui, pour un moment, redécouvrent la beauté de leur pays d'origine.

— Oui, je suis parti il y a longtemps. Quinze ans.

— Ouah ! Ça fait un bail, ça. Et que fais-tu là-bas ?

— Je suis ingénieur.

Fier d'entendre qu'un de ses frères haïtiens occupait une bonne position au pays des Blancs, l'homme hocha la tête pour signifier son appréciation. Toutefois, quand il prit la parole, sa voix laissa percer une pointe d'amertume.

— Ingénieur, c'était mon rêve. Mais j'ai quitté l'école trop tôt et mes parents n'avaient pas les moyens de me payer de telles études.

Jean crut que son compagnon lui parlait à mots couverts, pour lui faire comprendre les raisons de sa disparition. Alors qu'il attendait d'autres aveux, l'homme enchaîna :

— On dit qu'il fait très froid au Canada.

— En effet. Mais pas tout le temps. L'été, il fait aussi chaud qu'ici.

L'homme hocha de nouveau la tête avant de continuer.

— Je ne pense pas que je pourrais vivre dans un autre pays. Peut-être que oui, peut-être que non. Je ne peux même pas supporter Le Cap, qui pourtant n'est qu'à quelques kilomètres. Même quand ça va mal, et Dieu sait que c'est la norme ici, je trouve de la beauté à cette région.

Jean se souvint de ses absences durant les week-ends et, là aussi, il comprit que son interlocuteur répondait à ses muettes questions. Peut-être pour défendre le fait qu'il vivait à l'étranger, il rétorqua :

— On s'habitue à tout.

— Ouais, c'est ce qu'on dit. Moi, en tout cas, ma vie est ici, avec ma terre à cultiver et les gens que j'aime. Cela me suffit.

Un court silence. Jean crut alors venir le moment de faire la lumière sur la disparition. Il décida de poser la question qui, depuis si longtemps, le taraudait.

— Cédor, il y a une question que je me pose depuis des années.

En entendant son nom, l'homme fut incapable de cacher sa stupéfaction. Il sursauta en ouvrant grand les yeux.

— Tu connais mon nom ?

— Bien sûr. Je ne t'ai jamais oublié. Je pense à toi depuis le lycée et je me suis toujours demandé ce que tu étais devenu.

— Le lycée?

— Oui. Le Lycée Philippe-Guerrier.

— Ah, non. C'est Frantz, mon frère jumeau beaucoup plus intelligent que moi, qui pendant quelque temps, a fréquenté le lycée. Pas moi. Il a donc été votre condisciple?

— Oui, en effet. Mais qu'est-il devenu?

— Malheureusement, une dispute entre ma mère et ma tante l'a obligé d'arrêter ses études. Ça a été un dur coup pour la famille, mais surtout pour lui. Ensuite, mon frangin a été comme un oiseau à qui on aurait coupé les ailes. Il est mort peu de temps après, emporté par une fulgurante pneumonie. Depuis sa disparition, c'est comme si j'existais à moitié. Paix à son âme.

En prononçant ses derniers mots, Cédor regarda le ciel, comme s'il s'adressait directement à son frère. L'espace d'un instant, un voile de tristesse couvrit son visage, pour aussitôt faire place à de l'étonnement quand, de nouveau, il posa les yeux sur Jean et vit sa stupéfaction.

Ce dernier recevait la nouvelle comme si la mort était récente et la peine qu'il ressentit se mélangeait à la déception de n'avoir jamais, dans son scénario, envisagé cette possibilité. Il prit une grande respiration avant de murmurer:

— Je suis désolé.

Juste à ce moment, Jean vit Yves toucher sa montre pour lui indiquer que le temps avançait et qu'il fallait reprendre la route.

Les deux hommes se regardèrent longuement sans dire un mot. Ils auraient aimé s'asseoir pour boire un autre mabi et parler du disparu. Cependant, le temps filait et Jean ne voulait surtout pas rater son avion. Sans un mot de plus, ils échangèrent une chaleureuse poignée de main avant de se séparer.

11

L'AMOUR EST UN COMBAT

Habilement, le chauffeur de taxi manœuvrait son volant et son klaxon pour se frayer un chemin. En ce samedi après-midi, la circulation était particulièrement dense et sortir du centre-ville de Port-au-Prince n'était pas une mince affaire.

Assis à l'arrière, Claude et moi n'étions nullement préoccupés par notre retard. Lui, occupé à me raconter ses dernières mésaventures et moi, pendu à ses lèvres. Encore une fois, il s'agissait de ses démêlés avec Jacqueline, son amie de cœur. Tout en l'écoutant, je me disais que jamais je n'arriverais à comprendre les liens qui unissaient ces deux êtres. J'avais laissé Le Cap depuis un an pour poursuivre mes études à Port-au-Prince et Claude tenait à me mettre au courant de ses problèmes avec sa copine.

Dès le début de leur relation, j'avais été le confident du couple, chacun me faisant part de ses récriminations, ce qui me forçait parfois à jouer un rôle d'arbitre dans leurs conflits. Bien sûr, j'intervenais au meilleur de mes compétences de médiateur. Cependant, j'avoue que, la plupart du temps, j'étais dépassé par les événements. Pire, il m'arrivait d'être franchement gêné par les confessions venant des deux côtés. L'un et l'autre faisaient preuve d'une honnêteté exceptionnelle à mon endroit, allant même jusqu'à me révéler des choses que j'aurais préféré ne pas savoir.

Par exemple, Jacqueline, sans aucun scrupule, me parlait de ses infidélités et Claude, candidement, de son incapacité à se passer d'elle. Cette situation me laissait pantois et, je dois l'avouer, me fascinait tout autant. Parmi les jeunes de notre âge, c'était l'un des premiers couples à s'être formé et, aux yeux de tous, celui aussi qui avait le moins de chances de perdurer. Au début, le bruit courut que Jacqueline avait ensorcelé Claude, car, de mémoire de Capois[7], on n'avait jamais vu un homme aussi épris : un tel phénomène ne pouvait tout simplement pas être naturel. Alors que Jacqueline, par son comportement, lui faisait subir les pires humiliations, Claude, au lieu de s'en détacher, s'en entichait davantage, comme si chaque brimade récoltée était un nœud de plus à la corde de son affection pour sa dulcinée.

Le groupe d'amis que nous formions alors ne pouvait comprendre cette relation tumultueuse. Claude avait beau pleurer, se mettre en colère et même parfois menacer ceux qui le cocufiaient, ce fut sans résultat : Jacqueline continuait d'agir à sa guise, sans se soucier des qu'en-dira-t-on. Si elle rejetait les insinuations et les commérages – car il y en avait aussi –, jamais elle ne niait ses actes coupables. Quant à Claude, il affrontait courageusement les critiques, les cancans et les délations. On le qualifia de *nèg mou*[8]. Il porta stoïquement ce surnom. On le montra du doigt. Il s'en ficha totalement. Si les gens riaient sur son passage, lui gardait la tête haute, charriant tout sur ses épaules

7 - Habitant du Cap-Haïtien.

8 - Homme faible, lâche.

avec un flegme imperturbable. Il fit tant et si bien qu'à la fin, les moqueries cessèrent et on se mit à le respecter, à l'admirer même du fait d'être allé aussi loin dans la manifestation de son amour.

Pas une fois il ne pensa à être infidèle à son tour. Là-dessus, j'avoue avoir été l'un de ceux qui le lui conseillaient. Je me souviens du regard de mon ami en entendant mon avis. « Qu'est-ce que je gagnerais à commettre une faute identique à celle que je lui reproche ? »

Un jour, lassé d'écouter ses jérémiades, je lui avais recommandé de mettre fin à leur relation. Il avait mis du temps avant de réagir. Pendant de longues secondes, une main dans la poche de son pantalon, l'autre tenant son menton, il avait fixé le ciel, en quête de la réponse la plus appropriée, susceptible de traduire le plus fidèlement ses sentiments. Puis, lentement, il s'était tourné vers moi pour me dire : « Me demander de quitter cette fille, c'est comme si tu me demandais de m'arracher le cœur et de le jeter au loin. Je ne pourrai jamais vivre sans elle. »

Ce que me racontait présentement mon ami dans le taxi semblait l'affecter plus que de coutume. Cette fois, au lieu d'une frasque passagère, Jacqueline fréquentait assidûment Philibert, un riche commerçant de la ville ayant le double de son âge. Claude était désespéré, d'autant plus que non seulement Philibert couvrait Jacqueline de cadeaux, mais aussi il avait mis à sa disposition voiture et chauffeur. Il me racontait tout cela d'un air désemparé, avec des sanglots dans la voix. J'avais beau chercher des mots de consolation, rien de nouveau ne me venait à l'esprit ; d'ailleurs, sur ce sujet, j'avais depuis longtemps épuisé mon vocabulaire et mes recommandations.

Évidemment, le conducteur du taxi ne perdait pas une miette de la conversation et, dans le rétroviseur, je le voyais hocher doucement la tête pour signifier sa stupeur. Quand Claude eut fini de parler, un silence gênant emplissait la voiture. Pour le briser, je ne trouvai que cette banale question :

— Et maintenant, qu'est-ce que tu vas faire ?

Claude réfléchit longuement, fronça les sourcils, puis répondit :

— Rien. Je ne ferai plus rien, sauf prier pour que passe cette folie, pour qu'elle se rende compte de son erreur et me revienne.

Je n'en croyais pas mes oreilles. Abasourdi par ses propos, je le regardai pour m'assurer du sérieux de sa déclaration, car, après tout ce qu'il venait de me raconter et le ton qu'il avait pris, j'en avais déduit que cette fois-ci tout était fini, que la coupe était pleine et qu'il allait faire une croix sur cette relation.

En entendant sa réponse, le chauffeur de taxi, lui aussi interloqué, freina brusquement et se retourna pour dévisager son client. Faisant fi de la réserve habituelle due à son métier, il dit :

— Ça, c'est la meilleure ! Après tout ce qu'elle vous a fait, vous seriez prêt à lui pardonner et à continuer avec elle ?

D'un air étonné, comme s'il venait tout juste de constater qu'un autre écoutait son histoire, Claude rétorqua d'un ton assuré :

— Oui, monsieur, et je n'attends que ça.

Il avait parlé calmement et son visage si bouleversé l'instant d'avant affichait une sérénité soudaine. Pour répondre à la question, il avait pris soin de détacher chaque syllabe. Le chauffeur, en ouvrant grand les yeux, ajouta :

— Merde, alors ! Ça, ça me dépasse. C'est pas de l'amour, cette histoire, sauf que je ne saurais pas comment l'appeler.

Et il fit avancer sa voiture en secouant sa tête, comme s'il était atteint d'un tic nerveux.

Pendant ce temps, Claude avait renversé la sienne sur le dossier de la banquette. Les yeux fermés et les bras croisés sur sa poitrine, il murmura, d'une voix à peine perceptible, comme pour lui-même :

— L'amour, c'est un combat qu'il ne faut jamais abandonner si on veut en sortir victorieux.

Ensuite, ce fut le silence jusqu'à notre arrivée à destination. Je payai la course et nous mîmes pied à terre. Avant même de refermer la portière, le chauffeur était devant nous, la main tendue vers Claude.

— Mon ami, je ne vous connais pas, mais je peux vous garantir que jamais je ne vous oublierai. Bonne chance !

Et il nous suivit du regard, jusqu'au moment où nous arrivâmes à la porte d'entrée.

*

Le temps passa. Comme beaucoup d'autres, Claude et moi avions abandonné Haïti pour l'étranger, lui à Montréal et moi à New York. Pendant plusieurs années, le téléphone fut notre seul moyen de rester en contact, jusqu'au jour où j'effectuai mon premier voyage en dehors de la *Big Apple*. Il fut convenu que, le lendemain de mon arrivée à Montréal, une fois sa journée de travail terminée, mon ami viendrait me chercher pour m'emmener chez lui afin de me présenter ses deux filles et pour que je revoie Jacqueline. Eh oui, leur amour avait survécu ! Ils s'étaient mariés, avaient deux beaux enfants et comptaient bien en avoir un troisième.

Claude utilisait le transport en commun pour se rendre au boulot et ce fut par ce moyen qu'il se présenta chez la cousine où je résidais durant mon séjour. La joie de retrouver un vieil ami après un temps si long est indescriptible. Accolades, poignées de mains, tapes dans le dos, cris : tout y passa. Un moment magique.

Pour regagner son domicile, Claude insista pour que le trajet soit fait en taxi. Une vingtaine de minutes suffisaient pour franchir la distance entre les deux maisons. Assis sur la banquette arrière, nous étions incapables de contenir notre enthousiasme. La conversation volait dans tous les sens, mais revenait invariablement sur sa femme et ses deux filles. J'avais à côté de moi un homme visiblement heureux et épanoui.

Tandis que la voiture roulait dans les rues défoncées de Montréal, je ne pus m'empêcher de nous revoir dix ans plus tôt, dans la même situation, mais dans une autre ville et dans un état d'âme bien différent. Je me rappelai sa phrase que je n'avais pas oubliée : *L'amour, c'est un combat qu'il ne faut jamais abandonner si on veut en sortir victorieux*. En mon for intérieur, je me dis : « Tout est bien qui finit bien. »

Nous voilà devant une jolie petite maison. Alors que Claude s'apprêtait à tirer son portefeuille pour payer la course, le chauffeur, visiblement un Haïtien, qui n'avait pas arrêté de nous observer dans son rétroviseur, ne lui en laissa pas le temps. Au lieu de tendre la main pour encaisser son argent, il mit pied à terre pour aller ouvrir la portière du côté de mon ami. Il le fit cérémonieusement, avec un sourire espiègle. En secouant la tête pour refuser le billet, il lui dit :

— Monsieur, ce fut un plaisir de vous retrouver après tant d'années. Et je suis heureux de savoir que votre amour a finalement triomphé.

12

GROS DA

J'avais passé plusieurs années à poser des questions en vue de le retrouver. Les informations variaient : on prétendait l'avoir vu en Haïti, d'autres affirmaient qu'il résidait en Floride et certains, à mon grand désarroi, avançaient qu'il n'était plus de ce monde. Bref, Gros Da restait introuvable. Volatilisé.

À la fin, je perdis espoir de le retracer et j'arrêtai les recherches, souhaitant que, là où il était désormais, Dieu se chargeait de le récompenser pour sa bonne action. En plus du souhait de récompense divine, pour me consoler, j'alléguais que Gros Da lui-même ne se souvenait peut-être plus de l'événement. Après tout, cela remontait à plus de trente ans. Quand même, je m'en voulais d'avoir attendu si longtemps avant d'entamer ma recherche et, si je finis par perdre tout espoir de remercier Gros Da, jamais je n'oublierai son geste.

C'était après la messe dominicale. Toto était venu me chercher pour une balade à bicyclette, sa bicyclette. Déjouant la surveillance de mes parents, je m'étais échappé pour accompagner mon ami. Moi assis sur le cadre horizontal, lui pédalant pour faire avancer l'engin, nous parcourions les rues de la ville, le cœur léger, avec toute la fougue de nos dix ans. Acrobaties, vitesse, obstacles évités à la dernière minute : nous étions intrépides comme seuls pouvaient l'être des garçons de notre âge.

Poussés par le vent de la mer qui s'étalait à notre gauche, nous roulions à tombeau ouvert sur le boulevard quand l'accident s'était produit. Un mouvement de trop ou de moins ? Une distraction ? Un trou dans la chaussée ? Je n'ai jamais cherché à en connaître la raison. Néanmoins, je me rappelle encore cette chute qui, durant plusieurs années, m'avait laissé des cicatrices au menton et aux genoux. Quelle dégringolade !

À ce jour, ce vol plané reste dans ma mémoire le plus dangereux que j'aie eu à effectuer. Je me revois glisser sur l'asphalte, Toto sur moi et la bicyclette sur Toto. Une fois libéré des deux fardeaux, péniblement, je m'étais relevé, groggy, les genoux et le menton en sang, tandis que mon copain et son vélo n'avaient même pas une égratignure puisque je leur avais servi de terrain d'atterrissage. « Le ciel me punit pour avoir trompé la vigilance de mes parents », m'étais-je dit. À grand-peine, j'avais repris ma place sur le cadre. Toto avait pédalé avec un peu moins de vigueur. Bien qu'il fût indemne, la chute l'avait quand même ébranlé.

Pas question de retourner chez moi dans un tel état. Il fallait d'abord laver mes blessures et les rendre plus présentables avant de rentrer à la maison. Toto m'avait alors proposé d'aller voir son cousin qui, tous les dimanches matin, fréquentait ses amis non loin de l'endroit où nous nous trouvions. Il y était, en effet.

Un atelier de menuiserie. Quelques hommes en train de discuter. Parmi eux, Gros Da, le cousin en question, un des meilleurs joueurs de football de la ville – à qui d'ailleurs je vouais une certaine admiration. Corpulent et d'une démarche indolente, il faisait pourtant preuve d'une agilité et d'une rapidité peu communes une fois sur le terrain. Dribleur hors pair, il était reconnu comme le buteur par excellence de son équipe. Gros Da avait sûrement le double de notre âge et, sans qu'il m'ait rien révélé, je crois que Toto voyait en lui un genre de protecteur et de modèle. De près, il était encore plus imposant, mais aussi plus sympathique. Il parlait d'une voix traînante.

Pour me conduire à l'endroit où je devais laver mes blessures, Gros Da avait posé sa main sur mon épaule, comme l'aurait fait un grand frère pour calmer et réconforter son cadet. De retour à l'atelier, je m'étais assis à côté de Toto et nous avions essayé de comprendre les blagues et les plaisanteries qui n'avaient pas cessé depuis notre arrivée. Mes blessures, superficielles, ne me faisaient pas souffrir. Pourtant, petit à petit, j'avais senti mon état se dégrader. Un mal diffus s'était inséré en moi.

Tout d'abord, ma vue s'était brouillée et tout ce qui s'offrait à mes yeux avait commencé à danser sur une piste de plus en plus brumeuse. Ensuite, ma tête s'était mise à tourner. Pour finir, une tempête violente s'était déclenchée dans mon estomac. J'avais senti venir le pire et mes efforts pour le contrôler s'étaient révélés vains. Résultat : le liquide jaunâtre qui avait jailli de ma bouche s'était répandu sur le sol.

Par chance, personne n'avait été éclaboussé, mais tout le monde avait été horrifié par le rejet visqueux qui gisait à mes pieds. Pendant quelques secondes, un silence à vous fendre les oreilles avait flotté dans l'atelier et moi, accablé, je n'avais même pas essayé de dissimuler la gêne qui m'assaillait. Un des gars, peut-être pour dérider l'atmosphère, avait déclaré : « Aucun doute, tu as mangé des mangues ce matin ! » Il avait raison, mais je ne voulais pas l'admettre. Ayant retrouvé mes esprits sitôt mon estomac libéré, j'avais répondu du tac au tac : « Non, c'est de la soupe au giraumon[9]. » On était dimanche et cela faisait plus chic d'avoir consommé de la soupe que d'avoir mangé des mangues au déjeuner…

Le moment de stupeur passé, il fallait réagir. La mine renfrognée, le maître des lieux ou, du moins, celui qui en avait l'air, avait déclaré : « Petit, va falloir ramasser ta saleté. » Avant même que je puisse faire un geste, Gros Da était intervenu. Il avait levé la main avant de me dire cette phrase que je n'oublierai jamais : « Laisse, t'en fais pas. Je le ramasserai de mes mains, s'il le faut. » Puis, calmement, il était allé chercher de quoi nettoyer le plancher. Il avait refusé mon aide et, sans aucun signe de dégoût, avait commencé le travail. En un rien de temps, l'espace avait retrouvé l'état d'avant mon arrivée.

Le dégueulis m'avait guéri de mes maux et j'étais prêt à repartir. Toto et moi, nous avions salué vaguement le groupe après avoir serré très fort la main de Gros Da. Toujours sous l'effet de la gêne, mon merci à lui avait été un peu timide. Conscient de ce fait, il m'avait tapé affectueusement dans le dos en me disant : « Allez, va te reposer. »

Après cet incident, je n'avais plus eu l'occasion de revoir Gros Da, sinon de loin, quand il terrassait ses adversaires sur le terrain de foot. Malgré mes bonnes intentions, je n'étais jamais retourné le voir pour lui exprimer ma reconnaissance et mon admiration.

Deux ou trois ans après cet événement, en quittant le pays, j'avais emporté ces deux sentiments dans mon cœur, sans les avoir partagés avec mon bienfaiteur.

---

9 - Sorte de courge.

Bien des années plus tard, alors que je vivais loin de lui, le souvenir de Gros Da avait ressurgi du fond de ma mémoire avec une persistance étonnante. La vie m'avait appris l'importance de l'entraide et je sentais plus que jamais le besoin de remercier ce bon samaritain pour un geste qu'il avait peut-être oublié. Je m'étais mis à sa recherche, mais les tentatives pour le retrouver avaient été vaines.

Après quelque temps, convaincu que jamais je ne le reverrais, j'avais mis fin à mon enquête. Histoire classée.

*

Du moins, c'est ce je pensais, jusqu'à ce jour de février, alors que, fuyant les rigueurs de l'hiver, je me trouvais en Floride pour des vacances. J'entendis alors prononcer son nom par l'ami d'un ami. Je m'approchai et je commençai à interroger l'individu en question. Il ne se fit pas prier pour m'apprendre qu'effectivement, il connaissait un Gros Da qui vivait dans la maison de retraite où il faisait office de préposé aux bénéficiaires. Il me le décrit comme un bonhomme corpulent, de santé fragile, mais jovial, parlant sans cesse de football et répétant toujours qu'il était un des meilleurs joueurs d'Haïti.

— Eurêka ! criai-je.

J'avais enfin retrouvé mon Gros Da. J'obtins l'adresse de la maison de retraite et, dès le lendemain, je décidai de rendre visite à mon homme.

Dans le quartier de Little Haïti, à Miami, une grosse bâtisse peinte en jaune moutarde occupait la moitié de la rue. À première vue, elle me fit penser à une prison. Je franchis la porte d'entrée. Un rez-de-chaussée spacieux. Je m'arrêtai après quelques pas, histoire de bien analyser les lieux, de bien voir ce qui se passait autour et, surtout, dans l'espoir d'apercevoir Gros Da.

À ma droite, le comptoir de renseignements. À ma gauche, une salle presque vide dans laquelle quatre hommes jouaient aux dominos. Et tout au fond, trois vieillards, dont une femme, en train de converser. Je m'approchai de ces derniers. Mon regard se fixa sur Gros Da. Ce ne pouvait être que lui, vu que son compagnon était plutôt petit et maigre.

Il était assis, les deux mains posées sur une canne qui, sans doute, lui servait pour ses déplacements. Il avait gagné en corpulence et son visage ne recelait qu'une vague ressemblance avec l'athlète de jadis.

Debout devant lui, quelque peu hésitant, je me risquai quand même à prononcer son nom. — Gros Da, le footballeur!

L'homme qui me faisait face m'offrit un sourire radieux et me répondit:

— En personne, jeune homme. Et parmi les meilleurs de mon temps!

Je me présentai et lui tendis une main, qui disparut dans la sienne. Ensuite, je saluai les gens autour, avant de déclarer à Gros Da combien j'étais content de le retrouver, car, depuis de nombreuses années, je le cherchais afin de le remercier.

— Me remercier pour quoi, jeune homme?

Je lui racontai mon histoire. Il m'écouta patiemment en me dévisageant d'une drôle de façon. Quand à la fin je me tus, satisfait de m'être vidé le cœur en réaffirmant au vieillard tout le bien que je pensais de lui, son regard se porta ailleurs, comme s'il réfléchissait. Finalement, il se tourna vers moi et, d'une voix presque triste, il me dit:

— Jeune homme, vous m'avez bien dit que vous venez du Cap-Haïtien, n'est-ce pas ?

Pour la première fois de ma vie, la fierté de m'affirmer Capois fit place à une appréhension que m'imposait le ton de Gros Da. Un « oui » sortit timidement de ma bouche. Et le voilà de nouveau en pleine réflexion, le regard projeté au loin. Finalement, presque à contrecœur, il parla :

— Désolé, mon ami. Je ne suis pas le Gros Da que vous cherchez. Je viens des Cayes et je n'ai jamais mis les pieds au Cap.

Il avait sûrement noté ma déception, car, au moment de le quitter, quand de nouveau il serra ma main, il la garda longtemps dans la sienne, comme pour me consoler.

13

L'ÉCHAPPER BELLE

Dans ce temps-là, je considérais que l'élégance allait de pair avec une coupe de cheveux parfaite. Régulièrement, j'allais donc m'asseoir devant William, mon coiffeur de l'époque.

Un matin, alors qu'il s'activait dans ma tignasse, surgit un énergumène qui, aussitôt dans la pièce, s'attira tous les regards et toutes les oreilles. D'une voix puissante mais contrôlée, il discourait sur des sujets variés qu'il changeait à volonté et avec une facilité déconcertante. Tout y passait : le sport, les femmes, ses projets personnels, sa Mercedes et, bien sûr, Haïti. Son éloquence était telle que les quelques clients présents buvaient ses paroles. De temps en temps, alors qu'il faisait les cent pas, j'entrevoyais sa silhouette dans le miroir qui me faisait face. J'avais beau ne pas aimer ses manières, je devais cependant admettre qu'il possédait un certain charisme.

Alors qu'il était parmi les derniers arrivés et aurait dû attendre plus d'une heure avant de se faire tondre, quand le fauteuil du milieu se libéra, le verbomoteur s'y installa. Selon toute vraisemblance, le bonhomme était influent et on lui avait fait une faveur.

Nous étions voisins désormais et, tandis qu'il continuait de parler, je me mis à l'observer discrètement dans le grand miroir accroché au mur qui reflétait nos images.

Lui aussi m'examinait, mais avec moins de réserve. À un certain moment, je le vis cligner des yeux pendant que des plis se formaient sur son front, comme en proie à une réflexion intense. Bien qu'intrigué, je fis semblant de ne rien remarquer.

Ma coupe terminée, je m'apprêtais à payer quand je l'entendis crier mon nom :

— Patrick !

Surpris, je le regardai en essayant d'identifier cet inconnu qui avait tout l'air de me connaître. Sans succès. Je lui offris un pâle sourire. Il quitta alors sa chaise pour se planter devant moi, avec une attitude qui ne laissait aucun doute sur la joie qu'il éprouvait de me revoir.

— Tu ne me reconnais pas ?

Devant tant d'enthousiasme, je mentis.

— Ton visage me dit quelque chose. Sauf que je n'arrive pas à mettre un nom dessus.

— Gary Monestine.

Instantanément, je le revis, plus de vingt ans auparavant, en uniforme kaki des Frères de l'instruction chrétienne : culotte courte, l'air hagard, incapable de réciter ses leçons, subissant les railleries de ses camarades et même parfois de certains instituteurs avares de complaisance. Ce sont des choses qu'on n'oublie pas.

Après l'école primaire, sporadiquement, j'avais croisé Gary dans les rues de la ville. Il ne semblait fréquenter aucun établissement scolaire. Néanmoins, il affichait désormais un regard pétillant et enjoué, et son attitude était celle d'un garçon heureux. En ces rares occasions, nous échangions quelques mots qui, malgré leur brièveté, laissaient percer l'estime que Gary manifestait à mon endroit et qui, souvent, m'embarrassait.

Debout, dans ce salon de coiffure, je percevais encore cette estime dans ses yeux. Cependant, le gars qui se tenait devant moi n'avait rien du maigrichon que j'avais connu. Il ne correspondait plus à l'image du passé que j'avais en mémoire. Au contraire, je voyais un homme sûr de lui, épanoui et qui, en apparence, avait réussi, du moins financièrement. Pas étonnant que, de prime abord, je n'aie pu le reconnaître.

Après une poignée de main des plus chaleureuses, Gary déclara en s'adressant à toute la salle :

— Messieurs, c'est un grand jour pour moi, aujourd'hui. J'ai retrouvé un vieil ami, un gars brillant, un sportif hors pair, un condisciple !

Ensuite, brièvement, nous échangeâmes quelques banalités, avant de nous quitter sur la promesse de nous revoir dans les prochains jours.

Après cette rencontre, je pensai souvent à Gary. J'étais intrigué par ce qu'il était devenu, par sa métamorphose. Je ne pouvais m'empêcher de nous comparer. Gary transpirait l'assurance, la joie de vivre, alors que, sans être un personnage mélancolique et insignifiant, j'étais un homme ordinaire qui menait sa petite vie sans histoire, mais sans éclat. Je pensais à Gary… mais pas au point de vouloir le contacter.

Ce n'était nullement de l'indifférence. Seulement une façon d'éviter une éventuelle déception causée par le gouffre que le temps installe parfois entre les gens. Oui, en maintes occasions, en revoyant un ami qui jadis m'était cher, une fois la première heure passée, j'avais souvent l'impression d'être en présence d'un étranger. Dans le cas de Gary, avec qui je n'avais jamais entretenu de liens étroits, j'étais encore plus réticent à donner suite à notre rencontre. J'avais appris à aborder les retrouvailles avec beaucoup de circonspection. Mes diverses expériences m'avaient amené à croire que la vie met sur notre chemin des êtres avec lesquels nous faisons une partie du voyage, avant que nos routes se séparent pour ne plus se recroiser. C'était ma philosophie.

Ainsi, le bout de papier sur lequel Gary avait griffonné ses coordonnées passa de ma poche à un tiroir, d'où je n'avais aucune intention de le sortir.

*

Ce fut lui qui, trois jours plus tard, me téléphona. D'abord, il me répéta combien il était content de me retrouver après tant d'années. Ensuite, il passa aux questions plus personnelles, du genre de celles que je n'aimais pas.

— Et maintenant, qu'est-ce que tu fais de bon, Pat ?

Une question vague, à laquelle j'aurais pu répondre d'une façon évasive, comme j'avais l'habitude de le faire, d'ailleurs. Pourtant, sur le coup, je ne sus trop quoi dire. Devant la réussite apparente de Gary, je me sentais un brin minable. J'étais sûr qu'il attendait quelque chose de grandiose de ma part, à l'image du garçon brillant que j'incarnais à ses yeux. Mais quoi ? Certainement pas le fait d'être devenu un fonctionnaire qui évoluait au bas de la hiérarchie administrative. Alors, ma réponse fut plutôt une question, pour renvoyer la balle dans son camp.

— Rien de spécial, Gary. Et toi ?

Par son empressement à parler et le ton qu'il employa, je sentis qu'il anticipait cette demande et avait hâte de satisfaire ma curiosité. Et je retrouvai ou, du moins, j'entendis l'homme qui discourait dans le salon de coiffure.

— Ah ! Moi, cher ami, j'ai roulé ma bosse. Comme tu le sais, l'école n'était pas mon fort. Alors, très vite, j'ai compris qu'il ne fallait pas persister dans cette voie. Je me suis donc tourné du côté des affaires. Ça, c'est mon domaine.

— Tu es dans les affaires ?

— Oui, import-export. J'achète et je vends des trucs. Je voyage beaucoup. Mon territoire, c'est la Floride, New York, Haïti et Montréal. Des endroits que je connais bien. Actuellement, ma base est à Montréal, mais, pour moi, rien n'est définitif. Je bouge constamment et j'arrête là où les possibilités sont meilleures. Tu comprends ?

Je ne saisissais pas vraiment, mais le *hum, hum* sortit quand même de ma bouche. Et il revint à la charge.

— Et toi, Pat, quel est ton domaine ?

Et voilà, je ne pouvais plus me dérober. Alors, je servis à Gary ma réponse des grands jours, celle que je répétais d'un ton pompeux pour me donner de l'importance.

— Je travaille pour le gouvernement du Canada.

Cela fit son effet, car, à l'autre bout du fil, j'entendis :

— Waouh ! C'est bien, ça. Toi, avec ton intelligence, ta route était toute tracée. Une bonne longueur d'avance sur tes camarades.

Par chance, je n'eus pas à préciser mes tâches de commis de bureau. Comme je l'espérais, le nom de mon employeur m'avait conféré un certain prestige qui pouvait se passer d'explication.

Ensuite, Gary me résuma son parcours. Après avoir quitté Haïti, il avait vécu en Floride, puis à New York, et maintenant à Montréal. Un vrai globe-trotteur. Il était marié, n'avait pas d'enfant et résidait à Laval.

À la fin de la conversation, il m'avoua que le but principal de son appel était de m'inviter chez lui, à une fête qu'il donnait le samedi suivant. Devant tant d'enthousiasme, j'acceptai.

*

La maison que je découvris n'avait rien en commun avec la mienne. Gary habitait un quartier chic de Duvernay, dans un manoir, avec un garage double et une immense porte d'entrée s'ouvrant sur deux battants. Des voitures étaient alignées des deux côtés de la rue, la plupart étincelantes et de marque luxueuse. Un peu intimidé, car la rouille qui ornait mon vieux tacot contrastait avec le lustre de ces bolides, je le stationnai à plus de deux cents mètres de ma destination. Malgré cette précaution, nous avions à peine mis pied à terre, ma femme et moi, que j'entendis quelqu'un prononcer mon nom. Je tournai la tête dans la direction d'où venait la voix, et je vis Gary, les bras ouverts.

— J'étais dehors et je t'ai vu passer. Alors, je me suis dit qu'il fallait que j'aille à ta rencontre!

Nous échangeâmes une chaleureuse poignée de main et il fit des salutations révérencieuses à Irma, mon épouse. Ensuite, Gary jeta un bref coup d'œil à ma voiture et je crus y déceler de l'étonnement. Était-ce plutôt ma susceptibilité qui m'amenait à penser que mon ancien condisciple comparait mon tacot à son propre véhicule? Qu'importe, l'espace d'un instant, je ressentis un certain malaise, mais cette sensation disparut rapidement au contact de la bonne humeur de mon hôte, qui posa sa main sur mon épaule et m'entraîna vers sa demeure.

En franchissant la porte, je découvris un luxueux palace. Un bref regard vers Irma me révéla son air ahuri, qu'elle essayait de cacher. C'était de loin le plus beau vestibule dans lequel j'aie jamais mis les pieds – et ce n'était rien comparé au reste de la résidence: un escalier magnifique menant à l'étage, des pièces immenses, décorées avec goût, et des meubles d'un chic fou.

Nous suivîmes Gary pour déboucher sur une cour où des invités discutaient, tandis qu'un cuisinier s'activait devant un énorme barbecue. Y émanait une exhalaison agréable de grillades qui, sur-le-champ, me mit l'eau à la bouche.

Le contact avec les autres convives fut assez facile. Tout le monde affichait de la bonne humeur et se montrait assez loquace. Quelques instants plus tard, une femme apparut sur le patio où nous nous tenions. Grande, elle portait une robe d'été qui lui moulait le corps et des escarpins qui lui donnaient une allure de mannequin. Son très beau visage était orné d'énormes boucles d'oreilles. Sourire aux lèvres, elle salua tous ceux et celles qui se trouvaient sur son chemin, embrassant certains et serrant la main des autres. Nous fîmes partie de ces derniers.

Alors que nous étions en train de parler à un couple, Gary s'approcha de nous.

— Irma, est-ce que je peux te voler ton mari juste pour quelques minutes?

— Bien sûr, Gary. Je suis sûre que vous avez plein de choses à vous dire.

Je le suivis à l'intérieur de la maison, dans une grande pièce située au rez-de-chaussée qui apparemment lui servait de bureau. Il referma la porte, se dirigea vers un meuble placé dans un coin et en sortit une bouteille. J'avais toujours un verre de vin dans les mains et, n'étant pas un amateur d'alcool, je comptais bien le garder jusqu'à la fin.

— Qu'est-ce que tu as dans ton verre? me demanda-t-il.

— Un peu de vin.

— Il nous faut mieux que du vin. Il y a cette bouteille de rhum que je garde depuis deux ou trois ans, attendant une occasion spéciale pour l'ouvrir. Je crois que le moment est venu.

D'une main experte, il dévissa le bouchon de la bouteille, prit deux verres qu'il plaça sur le bureau avant d'y verser le liquide brun. Il me tendit un des verres en lançant :

— Buvons à nos retrouvailles !

Avant même que le rhum atteignît mon palais pour descendre dans ma gorge, un arôme des plus agréables envahit mes narines. Sans être un connaisseur, je savourai tout de suite ce nectar et m'empressai de féliciter mon condisciple. Un goût suave, différent de tout ce que j'avais bu à ce jour. Je crois que le plaisir que j'éprouvai se lisait sur mon visage, car Gary me regarda avec satisfaction en hochant la tête.

— J'étais sûr que tu allais aimer.

Et il ajouta :

— C'est mon rhum préféré et je ne le bois qu'en de grandes occasions et seulement avec des gens que j'apprécie. Tu en fais partie.

— Merci, mon cher. Ça me touche, vraiment.

J'étais flatté par le geste et les mots qui l'accompagnaient, mais toujours embarrassé du fait que ce gars que je n'avais pas vu depuis des années se comportait comme si nous étions les meilleurs amis du monde. Tentant de cacher ma gêne, je m'approchai d'une des toiles qui tapissaient les murs pour l'examiner de plus près. Une scène de marché d'un réalisme fou. Les fruits et les légumes avaient l'air tellement vrai qu'ils donnaient envie de les manger. Quant aux marchandes, certaines assises et d'autres debout, elles symbolisaient parfaitement ces femmes haïtiennes sur le dos de qui repose une bonne partie de l'économie du pays. Indubitablement, ce peintre dont je n'arrivais pas à déchiffrer le nom maîtrisait son art.

Gary me tira de ma contemplation.

— Pat, je veux te parler de quelque chose. En fait, j'y songe depuis qu'on s'est retrouvés. Il s'agit d'une proposition. De nos jours, vois-tu, ce n'est pas facile de trouver des gens de confiance. Depuis notre rencontre, je n'arrête pas de me dire que tu ferais un bon associé. Que toi et moi, nous formerions une belle équipe.

Devant mon air surpris, il continua.

— Oh, ne t'en fais pas. Je ne te demande pas de quitter ton emploi. Je crois que, tout en exerçant tes fonctions actuelles, nous pourrions faire de bonnes affaires ensemble.

— Gary, je ne connais rien au milieu des affaires. Je ne pourrai t'être d'aucune utilité, mon cher.

— Je ne suis pas de cet avis. Les affaires, c'est du gros bon sens. Et ça, tu l'as. Tu l'as toujours eu.

— J'en doute.

— Écoute, mon ami. Tout ce que je te demande aujourd'hui, c'est d'y réfléchir. Nous pourrons reprendre cette conversation plus tard. Mais, je t'assure, il y a plein d'argent à ramasser.

Je lui promis que j'allais méditer sa proposition, mais, en réalité, mon idée était faite. Je n'étais pas un homme d'affaires.

*

Quelques jours après, je reçus un autre appel de Gary. Je ne l'avais même pas recontacté, ne serait-ce que pour le remercier de m'avoir invité à cette fête. Bien sûr, j'y pensais, mais pas au point de passer à l'acte.

Comme toujours, Gary avait la voix enjouée, la voix de celui qui glisse sur les difficultés de la vie avec une aisance peu commune. D'abord, il s'enquit de ma santé, de celle de ma femme et de mon fils, précisant qu'il avait hâte de connaître ce dernier. Ensuite, sans détour, il me dit le but de son appel : me faire une autre proposition.

Délicatement, il prit soin de me signifier que je devais me sentir à l'aise de refuser si son offre ne me convenait pas. Surpris et curieux tout à la fois, je l'écoutai continuer son préambule, dans lequel il m'expliqua que, depuis quelque temps, il songeait à changer de voiture et que, finalement, il s'était décidé.

— Tu sais, Pat, actuellement, les choses vont bien pour moi. Alors, je me dis : autant en profiter. Ma Mercedes fonctionne très bien, mais je veux m'en offrir une plus récente. Au lieu de la remettre au concessionnaire pour un montant ridicule, je me demandais si cela t'intéresse de l'avoir.

Pris de court, je mis quelques secondes avant de réagir, quelques secondes au cours desquelles je me vis au volant d'une voiture de luxe. Un sourire caressa mon visage pour disparaître aussitôt que je pensai... au prix. Comme s'il avait deviné l'objet de ma réticence, Gary ajouta :

— Pour ce qui est du prix, je suis sûr qu'on peut s'arranger.

Je n'étais pas de cet avis. Pourtant, je m'entendis demander :

— Combien ?

Aussitôt cette question posée, je le regrettai, car je n'avais ni l'intention ni les moyens d'acheter cette auto. Or, je voulais faire bonne figure et ne pas être brusque dans mon refus. Par chance, Gary resta vague sur ce point.

— Pat, je ne discuterai pas d'argent avec toi au téléphone. Pour moi, dans cette affaire, ce n'est pas l'aspect le plus important. Ce que j'aimerais savoir pour l'instant, c'est si mon offre t'intéresse. Si c'est le cas, elle est à toi. Le prix, je m'en fous. De toute façon, j'ai déjà choisi la nouvelle et j'en prends possession d'ici peu.

Il fit une pause et, de nouveau, sa belle voix retentit dans le combiné.

— Je suis conscient que j'arrive à l'improviste avec cette offre et que tu ne t'y attendais certainement pas. Prends ton temps pour réfléchir et discutes-en avec Irma. Pour le prix, on trouvera un moyen de s'arranger.

Quand je raccrochai, j'étais un brin excité à l'idée de posséder une nouvelle auto, même si ce n'était pas dans mes plans. L'offre était alléchante et, d'emblée, j'étais prêt à convaincre Irma, au cas où elle se montrerait hésitante ou refuserait cette proposition.

À ma grande surprise, après m'avoir écouté, ma femme laissa tomber sa réponse :

— Si cela te fait plaisir, vas-y, mon cher.

Je crois qu'elle avait décelé mon engouement et ne voulait pas me décevoir.

Le jour même, je téléphonai à Gary pour accepter son offre. Le prix fut plus que raisonnable et les conditions furent des plus avantageuses. C'était presque un cadeau de la part de mon condisciple.

Dans les jours suivants, il se produisit un étrange phénomène. Moi qui prêtais très peu attention aux voitures, je me surpris à observer les marques et les modèles de celles que je voyais dans les rues, particulièrement les Mercedes. Fébrilement, j'attendais le moment de la prise de possession.

Pourtant, la veille, une inquiétude m'empêcha de trouver le sommeil. J'étais obsédé par une idée qui s'était insidieusement glissée en moi : et si Gary, par cette offre, comptait acheter ma collaboration ? Il ne m'en avait pas reparlé, mais j'étais sûr qu'il n'avait pas tourné la page et qu'il reviendrait à la charge. Et moi qui allais lui devoir de l'argent. Soudain, sa proposition m'apparut moins alléchante et je m'en voulus de n'avoir pas pensé à tout ça avant. Un bref instant, je songeai à réveiller Irma pour lui demander conseil, mais elle dormait si profondément que je n'osai pas.

Le lendemain matin, me voilà en train de rouler en direction de Laval, ma femme à mes côtés. Je conduisais avec une mollesse inhabituelle, comme si je voulais retarder mon arrivée chez Gary. En fait, je cherchais les mots pour faire part à Irma de mes préoccupations et de ma décision de garder le tacot. Malgré le manque de sommeil, la nuit m'avait porté conseil.

Quand finalement je parlai, ma femme comprit sur-le-champ. Plus encore, elle parut soulagée et m'avoua que tout cela la gênait un peu, mais qu'elle avait évité de me le dire afin de ne pas gâcher mon plaisir. Nous convînmes donc qu'étant déjà en chemin et par courtoisie, nous allions malgré tout nous rendre chez Gary afin de le remercier et, surtout, de nous excuser pour cette volte-face.

En débouchant sur la rue, nous fûmes accueillis par une pluie de gyrophares. La surprise était de taille. Néanmoins, je décidai quand même d'avancer afin de voir de plus près ce qui se passait.

Devant la maison de Gary, trois voitures et une camionnette étaient stationnées, toutes identifiées comme appartenant à la police. Quelques curieux se tenaient dans les parages, sans doute intrigués par cette perturbation qui venait troubler la tranquillité de leur quartier. Après un rapide coup d'œil, nous reprîmes la route pour retourner à notre domicile.

Nous étions plus que surpris de la tournure des événements. En chemin, les questions sur les raisons de cette présence policière chez mon ancien condisciple furent nombreuses, mais pas les réponses.

Le soir, en regardant les nouvelles télévisées, nous apprîmes que la Sûreté du Québec avait démantelé un réseau de vol de véhicules de luxe et que le cerveau de la bande avait été arrêté à Laval.

Je l'avais échappé belle.

14

LA BELLE VISITE

Le soleil s'infiltrait à travers les interstices du store, jetant sur le plancher de la chambre de fines rayures étincelantes. Il n'était que huit heures. Pourtant, la température de la pièce avait déjà augmenté d'au moins deux degrés. Comme s'il voulait se faire pardonner ses longs mois de paresse, l'astre du jour criait haut et fort qu'il était de retour ; que, désormais, il allait nous procurer l'énergie nécessaire pour bouger, semer dans nos cœurs ce germe qui, à l'instar des plantes, allait prendre vie et fleurir tout l'été. Nul doute, cela annonçait une merveilleuse journée de printemps, une journée remplie de promesses, de celles qui donnent envie d'entreprendre une activité spéciale pour ne pas la rater et, le soir venu, se coucher avec la conviction d'avoir accompli quelque chose de particulier.

Ce sentiment m'habitait en ouvrant les yeux, ce matin-là. Avant même de quitter mon lit, je décidai que, les prochaines heures, je les passerais loin du bureau. Les dossiers urgents attendraient, me suis-je dit.

Tel un chat, je m'étirai langoureusement, puis je saisis mon cellulaire qui reposait sur la table de chevet pour signaler à qui de droit mon absence. Mon ton catégorique indiquait que je n'avais nulle intention de m'attarder sur les raisons de ma défection. Je raccrochai en pensant que je n'allais pas être le seul déserteur à vouloir profiter de cette première belle journée printanière. Ensuite, pendant plusieurs minutes, je restai allongé, laissant vagabonder mes idées.

L'envie me vint plus tard, alors que j'étais sous la douche. Forte, insistante, irrésistible, comme un appel émanant de l'au-delà, un cri pour dire que mes parents désiraient me voir. Cela faisait un bon moment que je ne leur avais pas rendu visite et mon sentiment de culpabilité avait atteint ses limites. Tandis que la serviette parcourait mon corps pour effacer les dernières gouttelettes d'eau, je décidai que c'était la journée idéale pour sauter dans ma voiture et franchir les quelque cent cinquante kilomètres qui me séparaient d'eux.

Une heure plus tard, sans même prendre le temps de déjeuner, me voici roulant à vive allure sur l'autoroute 40, en direction de Trois-Rivières. Jamais je n'ai trouvé ce trajet aussi agréable. Au-delà du devoir à accomplir, c'était comme si, là-bas, une belle surprise m'attendait. Mon pied droit appuyait sur l'accélérateur et ma tête dodelinait en suivant la voix cadencée de Ti Manno[10] interprétant *David,* la chanson qui relate le passage de l'ouragan tropical du même nom ayant ravagé Haïti en 1979. Ce jour-là, je fus particulièrement interpellé par le couplet suivant :

Mwen pa pwa'l mouri nan peyi etranje
Vini pou nou mininm ale
Mininm ale lakay mwen
Mininm ale lakay mwen[11]

---

10 - Chanteur haïtien très populaire dans les années 1980.

11 - Je ne veux pas mourir dans un pays étranger
Viens et emmène-moi chez moi
Emmène-moi chez moi

Le vent qui entrait par le toit ouvrant noyait un peu les paroles, mais, quand même, le rythme y était. Ce rythme konpa qui toujours me dynamisait et qui souvent irriguait mon corps d'une saine euphorie. Arrivé à Berthierville, incapable d'endurer davantage la faim qui me tenaillait, je décidai de m'arrêter pour déjeuner.

Installé à la terrasse d'un restaurant, je dégustai une appétissante omelette accompagnée d'un café insipide. Contrairement à mon habitude, j'avalai le breuvage sans ronchonner. Mon humeur était blindée, à l'épreuve de tout tracas. Rien ni personne ne pouvait venir trouer ce voile de félicité qui me recouvrait. Un regard autour de moi me renvoya l'image de certains clients à la mine épanouie et je me dis que je n'étais pas le seul à être touché par cet instant de grâce causé par le temps doux. « Sacré printemps ! Pourquoi ne dure-t-il pas indéfiniment ? Le monde serait sans doute meilleur », pensai-je. Or, tout a une fin. Ainsi va la vie.

Une heure plus tard, je repris le volant, cette fois, au son des Shleu-Shleu[12] jouant *Moun damou*. Revigoré par le déjeuner, je laissai ma voix surpasser celle qui sortait des haut-parleurs et je gardai cette énergie dans les chansons qui suivirent jusqu'à ma destination, soit l'endroit où habitaient des êtres qui me sont chers.

J'aurais pu stationner l'auto à l'intérieur et ainsi éviter plusieurs minutes de marche. Cependant, je n'étais pas pressé. Et puis, j'aimais bien m'approcher tranquillement de chez mes parents, prendre mon temps pour entrer dans leur demeure. J'étais bien conscient qu'ils n'allaient pas

---

Emmène-moi chez moi.

12 - Groupe musical haïtien fondé en 1965.

me recevoir comme avant, quand mon père me présentait son sourire satisfait derrière lequel se cachaient ses mots, alors que ma mère, aussitôt que j'avais caressé d'un baiser chacune de ses joues, m'offrait à boire et à manger. Aucune importance.

Je pénétrai du côté nord et, tout de suite après, je bifurquai légèrement vers la gauche pour longer l'allée. Je quittai l'asphalte pour marcher sur le gazon et, quelques pas plus loin, j'étais devant eux. Les émotions à fleur de peau, je répétai le cérémonial. Je posai délicatement mes mains sur leurs épaules – pas tout à fait, mais ce fut tout comme. Je fermai les yeux et je me laissai envahir par les souvenirs que ma mémoire gardait jalousement dans son cœur.

Assis sur sa chaise berçante, mon père était coiffé de son chapeau en feutre. Il s'en séparait rarement, peu importe le temps qu'il fait. Il ne répondait même plus quand on lui faisait remarquer qu'il était à l'intérieur de la maison, à l'abri du soleil et du froid. Nous avions fini par comprendre qu'il voulait tout simplement avoir la tête au chaud. Point. Qu'on ne l'emmerde pas ! À son âge, il pouvait bien se permettre tous les caprices. Son buste allait calmement d'avant en arrière, suivant le mouvement de la chaise à bascule. Il me regarda en souriant discrètement. Un sourire de tendresse, de fierté. Sa façon de s'exprimer, comprise seulement de ceux qui savent lire entre les lignes, les lignes du cœur. C'était un homme de peu de mots, de peu de gestes. Il n'y avait que ses yeux qui laissaient transpercer une partie de ses sentiments. Ne dit-on pas qu'ils sont le miroir de l'âme ? Très tôt, j'avais appris à déchiffrer ses messages muets, ses paroles silencieuses. J'étais tout de même conscient que je pouvais parfois les interpréter à ma guise.

Ma mère s'activait et parlait sans cesse. Elle voulait tout savoir, posait mille questions, tout en mettant le couvert. Elle était excitée de voir son fils, comme quand elle accueillait ses autres enfants. Elle s'était réveillée de bonne heure afin de préparer ce mets que j'aimais tant. Elle connaissait les préférences de chacun de ses rejetons et, toujours, s'efforçait de leur plaire. Elle s'obstinait à croire qu'elle possédait encore de l'énergie pour nous recevoir en grand. Ne pas la contrarier. Elle sera crevée à mon départ, mais contente.

Après les souvenirs, les mots. Des mots d'amour, des mots tendres qui se posèrent sur mes lèvres et sortirent aisément de ma bouche. Ensuite, je leur parlai de moi, de mes activités, de mes difficultés en leur demandant protection. Les enfants, qu'importe leur âge, ont toujours besoin de la protection de leurs parents.

Ensuite, ce furent des minutes de silence. Mes mains sur leurs épaules – enfin, presque –, je restai là, immobile, longtemps. Et puis, il fallait bien les quitter pour passer chez mon frère, tout à côté.

C'était ma première visite à son domicile et cela me rendait fébrile. J'avais en tête le chemin pour y aller : prendre la gauche, puis tourner à droite et avancer droit devant. Pourtant, une vingtaine de minutes plus tard, je n'arrivais pas à le repérer. J'avais beau chercher, faire appel à ma mémoire, lire toutes les indications, il restait introuvable. Encore une fois, mon sens de l'orientation me jouait des tours. Malgré ma frustration, je gardai mon calme. Surtout, ne pas gâcher une si belle journée. Je continuai ma recherche. Brièvement, l'idée me vint de tout abandonner, mais je me ressaisis. « Pas question de faire tout ce chemin et remplir ma mission à demi. »

Soudain, au moment où je pensais à capituler, j'entendis cette voix venue de nulle part :

— Tu cherches ton frère ?

Je me retournai. L'homme qui se tenait à quelques mètres de moi me regardait d'un air amusé. Je ne le connaissais pas. Je ne l'avais jamais vu. Qui était-il ? Comment avait-il pu deviner mes intentions ? Le oui sortit de ma bouche, timide, mais, en même temps, rempli d'espérance.

— Suivez-moi, ajouta-t-il.

J'obéis. Tout en marchant, il continua de parler, comme s'il s'adressait à un vieil ami.

— Vos parents, ils sont de l'autre côté, mais ton frère, lui, il est par là.

Il me fit un geste vague de la main, à l'opposé de l'endroit où je cherchais.

Encore sous l'effet de la surprise, j'hésitai à lui demander de s'identifier. D'ailleurs, il ne m'en laissa pas le temps. Il semblait s'amuser à mes dépens.

— Nous ne nous sommes jamais rencontrés, vous et moi. Mais je connais plusieurs membres de la famille. Et votre mère m'a beaucoup marqué.

— Ah oui ?

— Oui, par sa gentillesse et son élégance.

Il n'y a pas de doute, il parlait de celle qui m'a mis au monde.

— Et vous l'avez connue comment, ma mère ?

— Il y a quelques années, nous habitions le même immeuble.

Sourire en coin, il vit bien que je restais sur ma faim, que j'avais besoin de plus d'explications.

— Je suis responsable de la gestion, ici. Je vous ai vu en train de parler à vos parents. Ensuite, vous sembliez chercher quelqu'un et j'ai pensé que c'était peut-être votre frère, que vous n'arriviez pas à localiser. Alors, je suis venu à votre secours. Il est ici.

Sans rien ajouter de plus, il retourna à ses occupations.

Ma conversation avec mon frère fut brève. Quelques mots, la promesse de revenir, une petite tape dans le dos – enfin, presque.

Puis, je repris l'allée centrale pour sortir du cimetière.

15

SURPRISE À BEIJING

Un Haïtien ne peut être plus éloigné de son âme qu'en plein centre de Beijing. Alors qu'il déambule dans ces rues grouillantes, plus que jamais, le manteau de l'étranger pèse lourd sur ses épaules. Là, aucun point de repère. Partout où se pose son regard, rien ne lui rappelle sa terre natale et, dans les yeux des autres, il se sent comme un animal de cirque, tellement il est observé, analysé, dévisagé.

Certes, la ville n'est pas dénuée d'intérêt, et Thomas n'avait rien à redire sur la gentillesse de ses habitants. Cependant, après un mois loin des siens, à travailler comme un forcené sur ce projet dont il était le délégataire, son unique désir était de rentrer à la maison et de rendre compte des bénéfices professionnels et commerciaux de son séjour.

À pas lents, Thomas se dirigeait vers son hôtel. C'était sa dernière nuit dans ce pays fascinant, mais aux antipodes de tout ce qu'il avait connu jusque-là. Nostalgique, il aurait, à cet instant, donné n'importe quoi pour se trouver à Port-au-Prince. Bien qu'il sût le moment proche, sa hâte de partir était à son comble et cela lui rappelait cette histoire de l'homme emprisonné pour un an et un jour qui s'évade après un an. Encore quelques minutes et il franchirait la porte d'entrée de l'hôtel. Dans sa chambre, une bouteille de whisky l'attendait pour l'aider à trouver le sommeil.

Le soir était tombé sur la mégalopole, mais les lumières des néons, semblables à des soleils miniatures, permettaient de voir comme en plein jour. Et le voilà dans cette ruelle paisible qui débouchait directement sur l'entrée de l'hôtel. Ce lieu contrastait avec les autres artères toujours animées où, par endroits, il fallait jouer du coude pour avancer. Ses pas résonnaient sur le trottoir pendant que ses pensées planaient au-dessus de la capitale haïtienne. Thomas se sentait comme un naufragé sur une île lointaine. Soudain, à quelques pas de l'hôtel, il entendit ces mots – ou plutôt cette insulte – prononcés d'une voix pleine de hargne :

— *Koulan gièt manman w*[13] !

Frappé de stupeur, il s'immobilisa, supposant que ses oreilles lui jouaient des tours, que, dans sa hâte de retrouver son pays, il s'imaginait déjà en plein cœur de Port-au-Prince. La voix provenait de derrière un camion stationné à une dizaine de mètres. Il resta figé plusieurs secondes. Juste au moment où il allait reprendre sa marche, convaincu de n'avoir entendu que des mots de mandarin phonétiquement semblables à du créole, la voix retentit de nouveau. Elle prononça les mêmes paroles, qui furent suivies par une réplique aussi cinglante, mais enrichie de deux mots, comme si cette seconde voix voulait amplifier l'invective :

— *Koulan gièt manman w tou* ! Cochon !

Là, il n'y avait plus de doute. Ce n'était pas un phénomène phonique et ses oreilles ne lui jouaient pas de tour.

---

13 - Expression extrêmement insultante qu'un Haïtien ne prononce jamais, à moins d'être très en colère et prêt à faire face aux conséquences. Littéralement, cela se traduit par : « Le colon guette ta mère. » En d'autres termes : « Le colon surveille ta mère pour la sauter. »

Le visage de Thomas, si triste l'instant d'avant, s'illumina d'un sourire, comme s'il venait de tomber sur une oasis en plein désert. Un frisson de joie traversa son corps. Jamais cette expression insultante ne lui avait procuré autant de plaisir. « Il y a des frères dans les parages », se dit-il. Il allait les rencontrer, leur parler dans sa propre langue, ici, à Beijing !

D'après les mots qui avaient heurté ses oreilles, ces gens étaient en conflit. Or, lui, Thomas, trouverait une façon de les réconcilier, les ramènerait à la raison. Si loin de chez eux, des concitoyens ne pouvaient se disputer. Déjà, il se voyait passer la nuit en leur compagnie, pour connaître leur histoire, sans doute semblable à tant d'autres Haïtiens qui sillonnaient le monde à la recherche d'une vie meilleure et qu'on retrouvait dans des endroits les plus inattendus, les plus éloignés de leur lieu d'origine, faisant d'eux un peuple errant.

Impatient de découvrir les antagonistes, Thomas contourna rapidement le camion, prêt à se placer en médiateur. Quand il vit les deux individus, des Chinois, il fut interloqué. Incrédule, il regarda autour de lui à la recherche des belligérants, de ceux qui avaient prononcé ces mots insultants, car, de toute évidence, ce ne pouvait être ces deux hommes qui le fixaient d'un air amusé. Immobile et les yeux scrutateurs, il se demanda s'il était victime d'un canular ou en train de perdre la raison.

Les deux Chinois s'avancèrent alors vers lui. Sourire aux lèvres, le premier prit la parole :

— Haïtien ?

Thomas acquiesça d'un signe de tête sans pouvoir se débarrasser de cet air désemparé qui donnait à son visage un aspect si cocasse que les deux hommes s'esclaffèrent.

Décontenancé, Thomas esquissa un geste de recul. Le Chinois qui avait parlé combla rapidement la distance et déposa une main sur son épaule. En un clin d'œil, Thomas se retrouva entre les deux compères, qui maintenant lui tenaient chacun un bras.

— *Sak passé*[14] ?

La question venait de celui qui ne s'était pas encore exprimé. Thomas, de plus en plus confus, promena ses yeux de l'un à l'autre avant de murmurer la réponse :

— *Nap kimbe*[15].

Les mots avaient peiné à sortir de sa bouche. Devant son air perplexe, l'un des deux hommes crut bon de s'expliquer :

— *Nou té travay en Haïti. Dé zans*[16].

Et là, Thomas comprit à qui il avait affaire. Déçu de ne pas se retrouver devant des concitoyens, mais néanmoins content de rencontrer un soupçon de sa terre natale, il sourit bêtement. Toujours sous l'effet de l'étonnement, il voulut éclaircir la situation. Alors, il posa au duo la question qui lui brûlait les lèvres.

— *Min pou ki sa nap jouré konsa*[17] ?

Les Chinois se regardèrent et, de nouveau, firent entendre un rire tonitruant. Ils se dilatèrent la rate un bon moment, puis le premier, qui semblait plus volubile, répondit dans un créole bien maîtrisé :

— Nous travaillons dans cet hôtel et nous avons pensé que tu étais un Haïtien, un frère. Alors, nous avons voulu nous foutre un peu de ta gueule.

---

14 - Comment ça va ?

15 - On se maintient.

16 - Nous avons travaillé en Haïti pendant deux ans.

17 - Mais pourquoi vous vous engueulez ?

Puis, en tapotant l'épaule de Thomas, il ajouta :
— Sans rancune.

Devant la cocasserie de la situation et malgré sa demi-déception de n'être pas tombé sur de vrais Haïtiens, Thomas, comme s'il avait été contaminé par les deux hommes, pouffa de rire. Ensuite, il répéta lui aussi les deux mots :

— Sans rancune.

De retour dans sa chambre, il attendit patiemment le coup de fil de ses nouveaux amis, qui tenaient absolument à le revoir avant son départ. « Très important », avait dit le plus loquace. Quand, après plus de deux heures, la sonnerie du téléphone retentit, Thomas décrocha aussitôt. Dès qu'il entendit la voix, il lâcha d'un ton enthousiaste :

— *Map vini*[18] !

Plus tard, Thomas confessa que ce fut sa plus belle soirée au pays du soleil levant. Durant plusieurs heures, il écouta les deux Chinois lui parler, dans un créole rendu laborieux par l'effet de l'alcool, de leur amour pour son île natale. Cheng lui avoua que ce n'était qu'une question de temps avant qu'il retourne là-bas pour y vivre le reste de ses jours avec Marie-Louise, sa fiancée, la plus jolie et gentille femme au monde. Pour Liang, c'était différent. Il avait déjà sa famille à Beijing. Toutefois, si un jour l'occasion se présentait, il séjournerait de nouveau dans ce pays, qu'il gardait toujours dans son cœur.

Au moment de se séparer, Cheng tira de sa poche une lettre rédigée en créole et adressée à Marie-Louise, qu'il lut à haute voix avant de la confier à Thomas :

18 - J'arrive !

Mari-Louise,

Cheri mwen. Kijan ou ye ? Mwen swete ou byen. M sonje w anpil. Ou nan lèspri m tout jounen e lannwit, nan kabann mwen, se plis ankò. M ta renmen w bò kote m. Pou nou fè menm ti bagay yo. Pou w fèm rele san rete. Pou fèm depale. Pou de men mwen kouri sou tout kò w. Cheri, m'ap konte jou pou'm tounen jwenn ou, pou'm souse w tankou yon piwouli, pou'm bwè w tankou yon ji kachiman, pou'm mange w tankou yon bonbon myel.

Me yon ti kob pou kouvri bèl po ou an, pou pentire tout zong oủ, pou mete koulè sou ti bouch ou. Men avan tou, pou w manje, pou ti bounda a rete di. Doudou, pran swen flè lotis mwen an. Pa kite sanzave yo apwoche l. Nan pa lontan, si Bon Dye vle, souf ou ap respire souf mwen.

Cheng, Nonm ou[19]

---

19 - Marie-Louise,
Ma chérie, comment vas-tu ? J'espère que tu te portes bien. Je pense sans cesse à toi. Tu occupes continuellement mes pensées et la nuit, dans mon lit, c'est pire encore. J'aimerais que tu sois à mes côtés. Pour que nous fassions ces mêmes petites choses. Pour que tu me fasses crier à n'en plus finir. Pour que tu me fasses divaguer. Pour que mes mains explorent ton corps. Chérie, je compte les jours avant de te retrouver, pour te sucer comme une piroulie, pour te boire comme un jus de cachiman, pour te manger comme un bonbon au miel. Voici un peu d'argent pour couvrir ta belle peau, pour peindre tous tes ongles, pour mettre de la couleur sur ta bouche. Mais d'abord, pour te nourrir afin que tes fesses restent fermes.

Ce soir-là, en s'endormant, Thomas se dit que, décidément, malgré la misère et l'insécurité, le charme de son île natale était vraiment universel.

Ma doudou, prends soin de ma fleur de lotus. Ne laisse pas les voyous l'approcher. Bientôt, si Dieu le veut, ton souffle respirera mon souffle.
Cheng, ton homme

Table des matières

FSC
www.fsc.org
MIXTE
Papier
FSC® C100212

Achevé d'imprimer en mai 2023
sur les presses de l'imprimerie Gauvin
Gatineau (Québec) Canada